Bibliografische Information der Deutschen Nationalbibliothek: Die Deutsche Nationalbibliothek verzeichnet diese Publikation in der Deutschen Nationalbibliografie; detaillierte bibliografische Daten sind im Internet über dnb.dnb.de abrufbar.

© 2024 Tina Schick
Verlag: BoD · Books on Demand GmbH,
In de Tarpen 42, 22848 Norderstedt, bod@bod.de
Druck: Libri Plureos GmbH, Friedensallee 273,
22763 Hamburg

Fotografie: Tina Schick, photo-schick.de
Layout: atelier-raddatz.de

ISBN: 978-3-7693-1808-1

Tina Schick

Osnabrücker Remigration

Der siebte Fall von Lisa und Johnny

Protagonistinnen:
Lisa von Suttner (Photographin) & Johnny Kramer (Kripo)

Lisas Umfeld:
Joshua – ihr Freund
Chilli & Peppermint – ihre Katzen
Daniel Dannemann – Joshuas Bruder
David, Jakob, Benjamin – Daniels Söhne
Mia – Lisas beste Freundin (neben Johnny)
Mia ist liiert mit Uwe Mönning (Kripo)

Kripo:
Johanna Kramer, genannt Johnny
Uwe Mönning – inzwischen wichtigster Kollege
Thomas Rickham – Kollege
Jasmina van Hooge – neu im Team
Freese – PC-Spezialist im Team
Silas Canisius – SpuSi und KTU
Vitalij Hörschemeyer – Pathologe in OL
Evers – sein Assistent
Pfeifer – Chef des Teams
Cassens – Staatsanwalt

Weitere Personen:
Berni Theling – leider tot
Bernhard Theling – Vater und Professor (Schwerpunkt einheimische Vögel)
Mechthild Theling: Mutter
Sina von Gülich: Bernis Freundin
Leanette Gülich: Sinas Schwester
Michael Engels – Vikar in St. Peter / Dom, jobbt nebenbei in einer Buchhandlung
Samuel Grünberg – Kommilitone von Berni
Hajo Schäfer – Küster in St. Katharinen
Charlotte Althaus – Diakonin in St. Katharinen
Pascal – Wirt vom ‚Grünen Jäger'

Kapitel 1

I

„Es gibt 37 verschiedene Formen von Kopfschmerzen. Dieser hier konnte nicht weiter darüber nachdenken. Nach dem Aufschlag auf der Treppenstufe spürte er keinen Kopfschmerz mehr, sondern war tot."

„Danke Evers! Sie sind raus!" Noch ehe Kommissar Mönning genervt reagieren konnte, hatte Hörschemeyer seinem Obduktionsassistenten Evers die rote Karte gezeigt.

„Noch so'n Satz und ich brauche die Aspirin", lachte Mönning. „Aber wenn Evers jetzt auf der Strafbank sitzt, dann kann ich ja helfen."

„Aber nur mit den Augen …", ermahnte Hörschemeyer mit einem Zwinkern. Mönning hatte sich vom 0815-Polizisten zum 007 hochgearbeitet. Er hatte gelernt, gut zu recherchieren und Vorurteile erst einmal in der Schublade zu verstecken. Er hatte sich immer weiter in der Forensik fortgebildet und beäugte Hörschemeyer akribisch bei den Obduktionen von Leichen. Außerdem hatte er sich verliebt, unsterblich verliebt. Er hatte sie vor einem Mörder gerettet und sie rettete ihn nun vor seiner Mutter, die ihn einfach nicht loslassen wollte. Bislang hatte er sich auch verpflichtet gefühlt, weil sein Vater vor etlichen Jahren gestorben war. Er war von da an plötzlich der Mann im Haus, das war er seiner Mutter schuldig. Bis er Mia begegnet war. Sie hatte ihn verändert. Durch sie entwickelte er Selbstbewusstsein, ein Gefühl, was er nicht kannte. Er war plötzlich jemand und konnte etwas. Und sie hatte eingewilligt, dass sie sich ein eigenes Haus am Boberg in Holzhausen gekauft hatten. Und sie hatte sogar „ja" gesagt und fand, dass Mia Mönning ein melodischer Name sei. Er fieberte diesem Tag entgegen. Sie hatte ihn verändert! Auch die Arbeit machte ihm wieder Spaß, seit er sie kannte. Nicht nur, dass er ihren „Fall" durch körperlichen Einsatz gelöst hatte. Er stand auch vor seinen Kollegen ganz anders da, war nicht mehr der Außenseiter. Er verstand es, Zeugen zu befragen und dabei noch Zitronenkuchen abzustauben. Er hatte sich Respekt verschafft. Und auch mit dem Kollegen Hörschemeyer aus Oldenburg hatte er freundschaftliche Bande geschlossen. Es war eigentlich nicht erlaubt, dass er als Kommissar selbst mit in die Obduktion eingriff, doch sah er sich die Leichen genauer als Assistent Evers an und hatte dabei schon Nadeleinstiche entdeckt, die schließlich aus einem Herzinfarkt einen Mord durch Giftspritze machten. Er fühlte sich wohl, auch wenn seine Kollegin Hauptkommissarin Johanna Kramer ihre Liebelei in Litauen beendet hatte und wieder in Osnabrück war. Damit war er jetzt wieder nur drittes Rad am Wagen, denn Kollege Thomas Rickham würde seine Position an Kramers Seite nicht hergeben. Viel wichtiger war, dass er von der schönsten Frau der Welt aus seinem Dornröschenschlaf wachgeküsst worden war und nun besiegte er alle Drachen der Welt. Und hier lag eine neue Leiche, ein junger Mann, der auf den unteren Stufen zum Turm der Katharinenkirche gefunden worden war. Der Küster hatte die Leiche entdeckt. Und danach nahm alles seinen gewohnten Weg. Kramer und Rickham würden nach Feststellung der Identität die Familie des jungen Mannes besuchen, und er selbst war mit Staatsanwalt Cassens nach Oldenburg gefahren. Nur hasste der Staatsanwalt Leichengeruch, bevorzugte den Kaffeegeruch in einem der gemütlichen Cafés und ließ sich anschließend informieren. Mönnings Handy klingelte.

„Moin, Freese, ich stell dich auf laut", begrüßte er das PC-Genie seines Teams aus Osnabrück.

„Moin Mönni, moin Hörschi!", lachte Freese durchs Handy, „Here are the results of OS: Der Tote heißt Berni Theling. Er ist 24 Jahre alt, Osnabrücker, Student der Biologie und Theologie. Sein Vater ist Bio-Prof an der Uni hier mit Schwerpunkt einheimische Vögel. Und was habt ihr?"

„Noch nicht wirklich viel", klärte Mönning auf, „Theling ist durch den Sturz gestorben, Genickbruch. Er hat starke Krallenspuren auf seinen Armen. Aber die sehen nicht nach einer heftigen Orgie mit einer wundervollen Frau aus. Diese Spuren sind breiter als Fingernägel. Wir untersuchen das aber noch genauer. Innere Verletzungen gibt es keine. Schürfwunden an den Armen und Händen. Er wird sich beim Sturz versucht haben abzustützen. Prellungen, Hämatome an Armen und Beinen. Aber nichts deutet auf einen vorherigen Kampf hin. Diese blauen Flecken rühren wohl einzig vom Sturz her. So wie es aussieht, ist er reichlich Treppen gestürzt, gerollt, überschlagen. Hörschi mag sich aber nicht festlegen, ob der Tote gefallen oder geschubst wurde. Das lässt sich durch die Hämatome an den Armen nicht erkennen. Wisst ihr schon, warum Theling in der Kirche war?"

„Johnny und Rickham befragen gerade die Familie",
informierte Freese.

„Und was hat die SpuSi rausgekriegt?", fragte Mönning
weiter.

„Henderson sitzt hier gerade mit ‘nem Kaffee bei mir.
Es ist klar, dass Theling tatsächlich ein Stück der Turm-
treppe bis auf die fünft unterste Stufe fiel. Der Turmaufgang ist natürlich voller Finger- und Fußabdrücke. An
einigen Stellen lassen sich auch Abdrücke von Theling
finden, wo er sich wohl abgestützt hat. So wie es dort aussieht, ist er von recht weit oben gepurzelt."

„Da reicht ja eigentlich nur ein falscher Schritt oben",
mischte sich Henderson ein. „Vielleicht war es nur ein un-
glücklicher Unfall."

„Tja, dann müssen wir wohl erst wissen, warum Theling in der Katharinenkirche war und wer seine Feinde
waren", schloss Mönning.

II

Johanna Kramer war wieder in Osnabrück, zurück nach
ihrer Liebesodysee in Vilnius. Aleksander war schon der
Richtige. Aber das Umfeld! Sie konnte dort nicht leben.
Sie ging dort ein wie Mauerblümchen. Und dafür hatte sie
keine Zeit. Sie war inzwischen nun auch schon über 30,
agil, ein bisschen gutaussehend und brauchte ihre Arbeit.
Rumsitzen ging gar nicht. Immerhin hatten ihre Freundinnen sie in den letzten Fall per Skype eingeschlossen.
Doch dann hatte sich etwas in ihren Bauch geschlichen
und das ging überhaupt gar nicht. Sie war schwanger. Das
fühlte sich nicht richtig an. Zurück in Osnabrück ließ sie

das Kind unter größtem Protest aber mit ständiger Unterstützung ihrer Freundin Lisa dann doch abtreiben. Lisa wäre eigentlich eher die Typin für Kinder, dachte Kramer. Aber Lisa hatte zwei Katzen, das war wohl der Kinderersatz.

Nun genoss sie also wieder Osnabrücker Stadtluft und fuhr mit ihrem Kollegen Thomas Rickham zur Familie des toten Berni Theling. Sie hielten an der Beethovenstraße vor einem geräumigen Einfamilienhaus, das den 1980ern entstammte.

Frau Theling öffnete die Tür und bat, nachdem sie die traurige Botschaft empfangen hatte, ins Wohnzimmer. Auch das wirkte mit seinem großen Fenster und der breiten Fensterbank, die vollgestellt war mit blühenden Pflanzen, wie aus den 80ern.

„Eigentlich würde ich Ihnen jetzt einen Kaffee anbieten", schluchzte sie. „Sie können sich gerne einen aufsetzen, die Küche ist gleich nebenan. Aber ich brauche jetzt etwas anderes", damit klappte sie eine Schranktür nach unten. Das Fach war von allen Seiten bespiegelt, so dass der Inhalt vierfach so viel aussah. Sie goss sich einen Calvados in ein Weinglas, „Sie sind vermutlich im Dienst."

Rickham nickte und dachte an Zitronenkuchen. Bei dieser Frau würde auch Mönning ohne Zitronenkuchenerfolg bleiben. Der hatte ihm beigebracht, wie man auf Menschen zugehen musste und sie in einem zwanglosen Gespräch über Gott und die Welt ausfragte und dabei auch noch satt wurde. Aber auf dem Lande war die Versorgung einfach noch eine andere. Nun überlegte er, ob er nicht tatsächlich in die Küche gehen sollte, um einen Kaffee aufzusetzen. Frau Theling könnte den bestimmt nach ihrem Glas Calvados besser brauchen als ein zweites Glas. Aber er traute sich nicht. Vermutlich würden sie eher den Hausarzt benachrichtigen, damit der sich um das Wohl der Frau kümmern würde.

„Und wieso kommt die Kripo, um mir diese Hiobsbotschaft zu überbringen?", überlegte Frau Theling.

„Es ist der Ort, an dem Ihr Sohn gefunden wurde", begann Rickham und griff nach der Hand von Frau Theling, um sie zu streicheln. Doch sie zog ihre Hand sofort weg. Kramer versuchte ernst zu bleiben, fand das Verhalten ihres Kollegen aber höchst merkwürdig. Unbeirrt fuhr er fort:

„Der Küster der St. Katharinengemeinde fand Ihren Sohn auf einer der unteren Stufen der Wendeltreppe zum Turm. Wissen Sie, warum Ihr Sohn dort war?"

„Berni hat sich dort um die Uhus gekümmert. Die haben im Turm gebrütet. Eigentlich hat mehr mein Mann die Uhus erforscht."

„War Berni allein dort?"

„Das weiß ich nicht. Vielleicht war diese rothaarige Hexe bei ihm."

„Wen meinen Sie?"

„Eine junge Frau, die Berni nicht in Ruhe lassen konnte. Bestimmt war sie auch dort. Und nun ist er tot! Das ist kein gutes Zeichen!"

„Wie heißt die Freundin Ihres Sohnes?"

„Sie ist nicht die Freundin. Sie heißt Sina. Mehr will ich nicht über die wissen."

„Hatte Berni Feinde?"

„Mein Sohn? NEIN."

„Und Freunde?", hakte Kramer nach.

„Ich kenne nur noch seine Schulfreunde. Aus der Universität weiß ich niemanden. Ich kann mir die ganzen Namen nicht merken."

„Wo ist Ihr Mann?", wollte Rickham noch wissen.

„Arbeiten. In der Uni, in seinem Labor oder der Voliere dahinter. Oder er beobachtet gerade irgendwo das Verhalten von Vögeln."

Kramer und Rickham bedankten sich freundlich für die ersten Informationen. Vor der Tür waren sie sich einig, dass Herr Prof. Theling auch einmal das Verhalten seiner Frau beobachten sollte.

III

Natürlich hätten die Kriminalbeamten auch noch den Vater des Toten aufsuchen können. Doch es war irgendwie geklärt, warum der Tote zu Lebzeiten in der Katharinenkirche gewesen war. Es war nicht geklärt, ob jemand nachgeholfen hatte, dass er die Stufen schneller hinunterkam. Selbst die Obduktion hatte nichts ergeben. Also entschied sich Johnny Kramer für Feierabend und einen Besuch bei ihrer Freundin Lisa von Suttner. Die wohnte jetzt am Wall in einer renovierten Villa, die ihr ihre Mutter vermacht hatte. Die Türen standen für sie mehr oder weniger fast immer offen. Und wenn frau eine Flasche Prosecco dabei hatte, waren die Türen sperrangelweit offen. Zum Quatschen nahm sich Lisa immer Zeit. Außerdem hatte sie oft so ein Bauchgefühl …

IV

„Mist, Mist, Mist!", fluchte ich gerade. Ich schaffte es sogar, Spiegeleier anbraten zu lassen. Und genau in dem Moment klingelte es noch an der Haustür. Ich hatte keine Zeit, ich musste erst in der Küche den Schaden begrenzen.

Da klopfte es ans Küchenfenster. Meine Freundin Hauptkommissarin Johnny Kramer stand mit einer Flasche Prosecco in der erhobenen Hand dort und grinste.

„Hinten ist offen", gab ich ihr zu verstehen.

„Mhmmmmm, das riecht aber lecker", lachte sie, „grillst du das Ei? Ganz schön viel Kohle."

„Witzig", murrte ich, „das ist experimentelle Kochkunst. Mein Meisterkoch hat sich den Meniskus beim Fußball verletzt."

„Das hast du mir gesmst. Aber er ist doch im Krankenhaus, oder? Ich dachte, wir machen uns 'n Ladiesabend", sie mimte ein bisschen enttäuscht.

„Nix da", hörten wir hinter uns eine Stimme.

„Joshua!", schimpfte ich, „du gehörst ins Bett!"

„Aber nicht allein …", jammerte er.

„Joshua", lachte Johnny, „da spielen Kopf und Körper aber wohl nicht in einem Team, oder?"

„Werd nicht frech!", schalt er meine Freundin neckisch.

„Hier riecht es aber lecker, … nach Prosecco … und Pizza."

„Du kriegst von dem Prosecco nix ab. Deine Medis mögen keinen Alkohol. Pizza scheint mir eine gute Idee." Damit hatte ich das Handy bereits in der Hand und bestellte uns drei Pizzen, eine separate Portion Thunfisch und einen großen Salat. Chilly strich mir um die Beine und maunzte erbärmlich. Also korrigierte ich die Portion Thunfisch in eine extragroße.

„Sie ist schlimmer als die Pflegerinnen im Krankenhaus", erzählte Joshua und wies auf mich. Gerade wollte Johnny ihn bemitleiden, da schob ich Joshua Richtung Wohnzimmer. Dort hatte ich ihm vorübergehend aus dem Sofa ein Bett gezaubert. Treppen steigen ging derzeit gar nicht. Johnny folgte uns mit der Flasche Prosecco und zwei Gläsern.

„Dir setze ich gleich 'nen Kamillentee auf", neckte sie Joshua.

Ich holte noch zwei Schälchen, Besteck und ein alkoholfreies Jever. Joshua sollte nicht zu sehr leiden, nur ein bisschen.

Die Schälchen füllten und leerten sich zuerst, weg war die extragroße Portion Thunfisch. Chilly und Peppermint schnurrten um die Wette und beklagten sich anschließend so herzerweichend, dass Johnny endlich ihre Döschen mit feinstem Lachs aus der Jackentasche zog.

„Und was hast du mir mitgebracht?", scherzte Joshua.

„'N Video für einsame Stunden: Deadpool", lachte Johnny, „der ist soooo schräg, den wirst du lieben. Lade dir notfalls noch die Jungs ein, die verantwortlich für den Meniskusriss sind."

Nun, da musste sich Joshua nur seine Neffen an Land ziehen, denn die liebten alle Marvel-Filme. Ob es Gardiens of the galaxy oder Thor oder alle Avengers waren, egal, Hauptsache scrupy.

„Und, hast du mir auch was mitgebracht?", fragte ich leicht beleidigt.

„Yipp, 'ne Leiche. Aber war wohl nur 'n Unfall. Er hat sich um die Uhus in St. Katharinen gekümmert ... und ist leider die Treppe heruntergestürzt."

„Katharinen hat Uhus? Quatsch. Die haben Turmfalken. Frag mal Chilly. Die jagen sich öfter hier im Garten." Chilly hatte ihren Namen vernommen und saß wie eine Statue parat zum Verhör.

„Ich soll dich nicht wirklich vernehmen?", lachte Johnny.

„Mau ...", antwortete meine Kätzin.

„Bist du dem Uhu schon mal begegnet?", fragte Johnny fast professionell.

„Mau ...", legte sich Chilly schnurrend vor ihre Füße.

„Und bist du dem Falken schon mal begegnet?", fragte Johnny belustigt weiter.

„Mauuuuuuuuuuuuu", fuhr Chilly die Krallen aus. Ende der Befragung.

V

Obwohl Berni Theling noch kein Fall, sondern vermutlich ein trauriger Unfall war, hatte Lisas Bauchgefühl auf Johnny übergesetzt. Natürlich war es nicht auszuschließen, dass der junge Mann einfach eine Stufe nicht richtig gesehen hatte und abgerutscht war. Immerhin war es ja auch dunkel im Turm gewesen. Zumindest war das Licht nicht an gewesen, als der Küster die Leiche gefunden hatte. Aber andererseits war Theling vermutlich nicht zum ersten Mal dort gewesen und kannte die Treppenstufen. Die Fotografin hatte sogar noch einen Fragenkatalog aufgeschrieben, was ihr Bauch gerne beantwortet hätte, bevor ihr Kopf sich mit Unfall begnügen würde. Da war

16

natürlich die Frage, wie lange sich der junge Mann schon um die Uhus kümmerte, wie oft er im Kirchturm war. Ob er allein war. Wie er in die Kirche gekommen war. Und was seine Freundin darüber dachte. Wenn die Mutter wegen der Freundin wieder auf stur stellen würde, dann gäbe es im PC und Handy bestimmt reichlich Antworten.

Kommissariatsleiter Pfeifer war beeindruckt, als Johnny Kramer ihm all IHRE Gedanken servierte. Und solange es keinen weiteren Fall gäbe, hätte sie von ihm mit einem kleinen Team den Auftrag, doch ein wenig weiter zu forschen. Er jedoch könne das Team die nächsten Tage nicht unterstützen, da er nach Vehrte müsse. Rickham wunderte sich schon, ob der Golfplatz nun von Niewedde nach Vehrte verlegt worden war. Denn Pfeifer und Staatsanwalt Cassens besprachen ihre Fälle und Ergebnisse überwiegend auf dem Golfplatz. Im Team machte man daher – hinter vorgehaltener Hand natürlich – schon so seine Witzchen. Doch Pfeifer musste nach Vehrte, um bei seinen Enkeltöchtern einzuhüten. Seine Tochter hatte dort gebaut und kurz darauf auch das Haus mit den ersten beiden Kindern gefüllt.
Johnny Kramer schnappte also ihre Jacke und sah ihren Kollegen Thomas Rickham auffordernd an:
„Auf noch mal zur Mutter."
Doch Rickham wehrte ab:
„Nimm mal Mönning mit. Du wirst staunen, der hat ein Händchen für solche Frauen."
Kramer verdrehte die Augen. Obwohl Mönning nun wesentlich umgänglicher geworden und mit Lisas Freundin Mia zusammen gezogen war, konnte sie ihre Vorurteile

gegen ihn noch nicht komplett ablegen. Aber was hieß hier Vorurteile? Er hatte gegen jeden und alles Vorurteile und pflegte, Menschen nach ihrem Äußeren und ihrer Bildung in Schubläden zu stecken und zu verurteilen. Sie hatte keine Vorurteile gegen Mönning, sondern sie hatte etwas gegen seine.

Trotzdem blieb ihr nun nichts anderes übrig, als ihn mitzunehmen. Im Auto überlegte sie erst, ob sie mit ihm eine Strategie absprechen sollte, nach dem Motto: Ich frage, du hältst besser die Klappe. Doch während der Fahrt hielt sie ihre.

VI

Frau Theling öffnete vorsichtig die Tür einen Spalt. Misstrauisch sah sie hinaus, wer geklingelt hatte. Bei Kramers Anblick stöhnte sie auf.

„Frau Theling, wir müssen Ihnen noch ein paar Fragen stellen", begann die Hauptkommissarin.

„Es tut uns unendlich leid", fiel Mönning ihr ins Wort, „aber Sie möchten ja bestimmt auch wissen, was genau passiert ist."

Frau Theling nickte und ließ die beiden Kommissare hinein. Sie ging vor ins Wohnzimmer und ließ sich aufs Sofa plumpsen. Dabei griff sie zum nächsten Bündel Papiertücher, um ihr Gesicht trocken zu wischen. Doch ein nächster Schwall Tränen überkam sie.

Mönning griff nun zu den Papiertüchern und reichte sie einzeln der Trauernden.

„Es ist schrecklich, was Sie gerade durchmachen müssen", tröstete er sie. „Ihr einziger Sohn?"

Sie nickte.

„Wie ungerecht das Leben oft ist. Er interessierte sich für die Uhus in der Kirche?"

Sie nickte wieder.

„War er oft dort?"

Sie zuckte mit den Schultern.

„Hatte er einen Schlüssel?"

Sie wollte antworten, doch verschluckte sich fast an den Tränen. Mönning reichte ihr die nächsten Tücher. Auf dem Tisch stand ein leeres Glas. Frau Theling wollte es gerade mit etwas Hochprozentigem füllen, als Mönning ihr die Flasche aus der Hand nahm.

„Das benebelt nur kurzzeitig, Frau Theling. Sie brauchen jetzt einen klaren Kopf. Johnny, hol uns doch bitte Wasser aus der Küche. Noch besser, setze einen Tee auf."

Kramer wunderte sich sehr, befolgte aber brav die Anweisungen. Mit einer Flasche Wasser kam sie zurück.

„Wasser habe ich aufgesetzt. Wo finde ich denn den Tee?", fragte sie.

„Du findest ihn schon", wimmelte Mönning sie ab. Nicht schlecht, dachte Johnny, und durchforstete erst die Küche und dann den Flur, das Telefonbüchlein, das Bad. Weiter kam sie nicht, da meldete sich der Wasserkocher. Mönning hatte seine Befragung fortgesetzt und hielt inzwischen die Hand der Trauernden. Die fühlte sich anscheinend so gut aufgehoben und verstanden, dass sie ihm vermutlich sogar gleich den Pin zu ihrem Konto verraten würde.

Wenig später wusste Mönning, dass Berni Theling eigentlich gar nicht der Uhu-Freund war.

„Berni wollte immer seinem Vater gefallen. Bernhard hat die Uhus dort beobachtet, Berni hat sie versorgt. Eigentlich gehören die Uhus dort ja gar nicht hin, sie wohnen in St. Peter, im Kreuzgang. Berni hätte sie auch gerne wieder hinübergebracht."

„St. Peter?", fragte Kramer.

„Dom", erklärte Frau Theling, „die Uhus brüten eigentlich immer im Dom. Aber irgendwie sind sie konvertiert."

„Und weswegen wollte Berni sie zurückbringen?", fragte Mönning.

„Nicht weil die katholisch sind", lachte sie über sich selbst.

VII

Mir hatte es keine Ruhe gelassen, was Johnny da über die neuste Leiche erzählt hatte. Manchmal berauschte mich das. Doch welche Fakten hatte ich? Junger Mann, Treppe gestürzt, dumm gelaufen. Das Wort strich ich in Gedanken wieder: dumm gefallen.
Fertig.
Uhus. Was wusste ich darüber? Was konnte ich recherchieren? Ich hatte diese Uhus bereits öfter fotografiert, allerdings im Kreuzgang des Doms. Dort hatten sie im letzten Jahr gebrütet und zwei Junge großgezogen. Es war zu einer Attraktion geworden. Viele Osnabrücker besuchten plötzlich den Dom, um die Jungtiere zu beobachten. Der Dom ist die älteste Kirche Osnabrücks, gegründet unter Karl dem Großen um 780. Natürlich war er zunächst nur eine kleine Holzkirche mit einem Stift, in dem die Priester lebten. Der Kreuzgang verband die wich-

tigsten Gebäude miteinander, Kirche, Bibliothek, Schatz-kammer und Wohnräume. Der Kreuzgang wurde auch für Prozessionen genutzt. Im Inneren war ein kleiner Friedhof, wo Bischöfe und Priester beigesetzt wurden. Und dort brüteten die Uhus oberhalb geschützt in einem Fenstersims ihre Eier aus. Vermutlich mochten sie die Ruhe der Toten, den Duft der Blumen und die Klänge der Orgel aus dem Dom. Doch dann kamen täglich Hunderte von neugierigen Uhu-Spannern und fotografierten, was die Kameras hergaben. Schnell war der Rasen zwischen den Gräbern platt getreten und die Ruhe vorbei. Die Be-obachter tuschelten in den ersten Tagen leise miteinan-der. Doch zunehmend wurden die Ohs und Ahs lauter und dieses „Sind sie nicht süß?".

Die Jungvögel wurden täglich mutiger, plumpsten bis auf die Grabsteine und schrien nach ihren Eltern. Besonders der Vater war sehr bemüht, seine Kinder zu ernähren und immer wieder zu ermutigen, die Simse hinaufzufliegen. Erst war ihr Gefieder noch voller Flaum und der Aufstieg war jedes Mal schwierig. Doch von Tag zu Tag hüpfte es sich besser. Die Junguhus wurden zu Jungstars oder youngsters, wie ein unangenehmer Typ neben mir sie ein-mal hochpoetisch nannte. Immerhin einer lachte über seinen Witz.

Ich erwischte mich selbst als Uhu-Touri, ich ging viel öf-ter als sonst in den Kreuzgang. Und auch ich fand die kleinen Uhus süß. Aber ich hielt Distanz, blieb leise, ver-größerte die Fotos in meiner Dunkelkammer und stellte die Bilder in meiner kleinen Galerie aus.

Die Uhus waren nach dem Trubel umgezogen, in die Ka-tharinenkirche. Aber keiner konnte genau sagen, warum.

Sie waren von katholisch zu evangelisch konvertiert, sofern so etwas bei Vögeln auch zutrifft.

VIII

Mönning hatte seine Vernehmung inzwischen in die Küche verlegt. Bei Buchstabensuppe sortierte er die Wörter, mit denen die Mutter ihren Sohn beschrieb. Sie liebte ihn und trotzdem war da eine Distanz, die nicht ausschließlich mit seiner sogenannten Bekanntschaft Sina zu tun hatte. Eigentlich konnte sie nicht fassen, warum ihr Sohn sich so plötzlich verändert hatte. Kramer hätte es mit „erwachsen werden" beschrieben. Aber sie beobachtete, wie ihr Kollege mit Hingabe und Geduld alles aus der Frau herausquetschte. Ja, er hatte sich verändert. Er war zu einem guten Kriminalisten geworden. Dazu seine neuerlichen Kenntnisse in der Forensik. Das konnte nicht alles das Werk von Mia sein. Vielleicht hatte sie seine Kompetenzen nur geweckt und herausgelockt. Er hatte sich räumlich von seiner Mutter getrennt und lebte nun mit Mia zusammen. Vielleicht hatte auch Berni Vergleichbares vorgehabt und nun fühlte sich die Mutter ähnlich verlassen. Sie sah ein wunderbares Motiv für einen Mord. Doch dieser Frau traute sie es nicht zu.

Kramer betrachtete sie genauestens. Sie war gepflegt und doch schlicht. Sie hatte einst vermutlich ein liebliches Gesicht, doch im Laufe der Enttäuschungen verhärmt. Obwohl ihr Haus nicht prunkvoll, doch großzügig war, auch ihre Einrichtung kein billiger Plunder, so kümmerte sie sich wenig um ihr Äußeres. Sie war weder geschminkt, noch waren ihre Nägel lackiert. Ihre Kleidung war langweilig. Sie hatte nichts mit ihrem Alter zu tun, sie war zeitlos. Ähnlich wie diese Frau. Kramer konnte nicht sagen, ob sie Ende 40 oder über 60 war. Freese würde es für sie recherchieren. Und ebenso würde er den Laptop, den die Hauptkommissarin aus Bernis Zimmer mitgenommen hatte, knacken. Da würde sie vermutlich alles Wissenswertes über diese Sina finden.

Auf dieses Thema reagierte Frau Theling nach wie vor allergisch.

Mönning hatte schnell gemerkt, dass Sina ein heißes Eisen war, mit dem er sich nicht verbrennen wollte. Deswegen fixierte er sich auf den Herrn Professor.

Bernhard Theling war Professor im wahrsten Sinne des Wortes. Er war so mit seiner Arbeit verheiratet, dass es Frau Theling nicht wunderte, wenn er nachts im Institut blieb. Kramer verdrehte heimlich die Augen, denn für sie lag die Geliebte so nahe wie das Amen in der Kirche, dass diese Frau nach fast jedem Satz sprach. Mitunter schien sie so in ihrer katholischen Religiosität verankert zu sein, dass sie das wahre Leben nicht mehr wahrnahm. Bei allem, was sie noch recherchieren würden über diese Familie, diese Frau war niemals in der Lage zu morden, obwohl sie die allerbesten Gründe dazu hätte. Und jeder Anwalt würde sie auf Notwehr freiboxen.

Bernhard Theling war Professor der Biologie mit Schwerpunkt für heimische Vogelarten und Experte für Nachtvögel und Uhus und Eulen. Vermutlich kannte er sich auch mit heimischem Vögeln und anderen Nachtaktivitäten aus, beschloss Kramer.

Mönning beschloss, sich später ein eigenes Bild über den Vater zu machen, ihn im Institut der Uni zu besuchen und ihn erst dann in eine Schublade zu stecken.

IX

Bei einem kurzen Stopp im Präsidium traf Kramer auf Rickham.

„Und?", fragte der neugierig.

„Völlig verändert. Er hat der Frau sogar Suppe gekocht und nebenbei alles aus ihr rausgequetscht, was von Belang oder auch nicht sein könnte. Ihr tiefer Glaube würde ihr einen Mord verbieten, aber irgendwelche Leichen hat sie garantiert im Keller", erwiderte Kramer. „Wir wollen gleich den Herrn Professor in der Uni besuchen."

„Wer ist denn WIR?", fragte Rickham interessiert.

Erst da merkte Kramer, dass sie irgendwie zwischen zwei Stühlen saß. Rickham war derjenige, mit dem sie seit Jahren Befragungen durchführte. Doch plötzlich schien ihr Mönning effektiver an ihrer Seite zu sein. Was sollte sie antworten?

Doch Rickham kam ihr zuvor.

„Wenn es für dich okay wäre, dann nimm Mönning noch mal mit. Ich fühle mich heute nicht so gut. Der Fisch von gestern schlägt irgendwelche Wellen in meinem Magen", entschuldigte er sich.

Kramer setzte ein besorgtes Gesicht für ihn auf, war aber in ihrem Inneren sehr erleichtert.

„Da seh ich mal, ob Mönning nicht nur mit Hausfrauen kann. Und Du fährst nach Hause und bringst dem Fisch das Seepferdchen bei", lachte sie.

Mönning hatte sich währenddessen ans Handy geklemmt und noch mal mit Hörschemeyer von der Pathologie die

Untersuchungsergebnisse besprochen. Hörschemeyer und Evers hatten sich die Intensität der Prellungen noch einmal genauer angesehen und hielten es für immer wahrscheinlicher, dass der Tote mit Schwung die Treppe hinabgestürzt war, also jemand nachgeholfen hatte. Zudem hatte Evers an den Schultern Abdrücke entdeckt, die auf ein Stoßen hinwiesen. Er war gerade dabei sie zu vermessen und würde sich wieder melden.

Kramer klopfte an Mönnings offenstehende Tür und fragte:

„Wollen wir?"

„Ich dachte, du fährst mit Rickham. Ich will mich nicht zwischen euch stellen", gab Mönning zurück.

So sensibel war er früher auch nicht, dachte Kramer und würde bei Gelegenheit Lisa darauf ansprechen, inwieweit die Beziehung mit Mia einen Menschen so umkrempeln konnte.

„Rickham muss noch seinen Fisch von gestern richtig verdauen, der fährt heim. Außerdem sind wir insgesamt ein Team und keine Pärchen", erklärte Kramer. Ihre restlichen Gedanken behielt sie für sich.

Auf der Fahrt zur Universität brach Johnny plötzlich völlig unerwartet in Tränen aus. Sie konnte es sich selbst nicht erklären, es floss einfach. Mönning fuhr ruhig weiter, hielt allerdings beim nächsten Bäcker und kam kurz darauf mit einer Art Carepaket zurück. Er fuhr die Blumenthalstraße bis zum Ende. Dort stoppte er das Auto.

„Aussteigen!", befahl er, nahm das Carepaket und ein Bündel Taschentücher. Kramer folgte ihm. Oben auf dem Westerberg, kurz vorm Botanischen Garten fand er eine Bank und setzte sich.

„Du hast zu früh angefangen zu arbeiten“, begann er das Gespräch.

„Das stimmt doch gar nicht“, protestierte Kramer.

„Es geht mich nix an, das ist euer Frauenkram. Aber du hast dich gegen ein Kind entschieden und das steckst auch du nicht so einfach weg.“

„Du weißt von der Abtreibung?“, Johnny ging fast steil.

„Ich wünsche mir nix mehr, als mit Mia ein Kind zu kriegen“, antwortete er ruhig, „noch denkt sie eher an Nachttischlampen und Vorhänge. Aber irgendwann wird auch Mia dort hinkommen. Ich habe Zeit, mehr als eine Frau. Tschuldige, aber Männer sind da eher auf Langzeit … War ja nicht meine Evolution …“

Nun musste auch Johnny über die Gedanken ihres Kollegen lachen. Vermutlich hatte Mia tatsächlich eine gute Entscheidung getroffen.

„Ich will mich ja auch nicht in deine Männer-Geschichten reinmischen, … bin schon dabei, oder? Mist, der alte Mönning, Vorurteile, Schublade“, entschuldigte er sich.

„Schon gut. Ich glaube, den alten Mönning gibt es nicht mehr“, stieß sie ihn in die Seite und verschüttete dabei fast den Kaffee aus dem Carepaket. Er lächelte.

„Mia tut dir gut“, sagte sie.

„Ja und nicht nur sie. Aber das bei unserem nächsten Kaffee“, damit gab er ihr einen Becher und ein belegtes Brötchen. „Zwischendurch mag ich nicht nur Zitronenkuchen, ich mag es auch derb!“

Er zwinkerte, und Johnny war sich ihrer Vorurteile ihm gegenüber völlig verunsichert. Was schlummerte da bloß in ihrem Kollegen?

Von da an schwiegen sie. Sie brunchten in Ruhe, tranken ihren Kaffee und versanken in dem Rauschen der Blätter. Vermutlich hing jeder seinen eigenen Gedanken und Gefühlen nach. Mönning hatte sich in der Tat von seiner Mutter trennen können und nun endlich eine wundervolle Beziehung zu einer sehr außergewöhnlichen Frau. Er hätte niemals zu träumen gewagt, dass sich solch eine attraktive Frau in ihn verlieben könnte. Das Schicksal und sein Mut, sie vor einem Killer zu retten, hatten ihm diese Liebe in die Arme gespielt. Leise summte er ein Lied vor sich hin.

„Gorillaz?", fragte Johnny.

„Yipp. Ich find die cool. Aber ich musste den Text in ‚I'm happy' umändern, ich hab meine Sonne nicht in der Tasche, sondern an meiner Hand", entgegnete er.

„Hab ich ein neues Lied?", überlegte Kramer. Sie hatte alle Lieder von Depeche Mode gelöscht, weil sie sie an Aleksander erinnerten. Aber sie hatte sich von ihm getrennt, weil sie nicht in Vilnius leben konnte. Sie liebte diesen Mann, aber nicht das Land – auch wenn es ihr dort gefiel. Sie hatte von ihm ein Kind erwartet, wollte es aber niemals dort aufziehen. Sie lebten in zwei verschiedenen Welten. Erneut liefen ihr leise Tränen übers Gesicht.

„Moby – why does my heart feel so bad", summte sie. Liebe war schon ganz schön kompliziert.
Sie suchte nach einem neuen Lied – aber noch war keins in Sicht.

„Lass uns!", sagte sie schließlich, um nicht noch sentimentaler zu werden.

„Wir finden ein neues Lied für dich!", lachte er.

„Ertappt", dachte sie.

X

Professor Dr. Theling saß teilnahmslos vor einem seiner Mikroskope, die eine komplette Seitenregalwand säumten.

Kramer stellte sich und ihren Kollegen kurz vor. Der Professor reagierte nicht.

„Herr Theling, wir kommen wegen Ihres Sohnes", versuchte sie es weiter.

„Hmmmmmmm", brummte ihr Gegenüber.

„Er ist tot", fuhr sie fort, „es tut mir sehr leid." Und das war ehrlich.

„Ja, ich weiß. Berni …", stieß es stockend aus ihm heraus.

„Können wir Ihnen ein paar Fragen zu Berni stellen?", tastete sich Kramer vor.

„Hmmmmm", war alles.

Mönning schaute währenddessen durch eines der Mikroskope und rätselte.

„Was ist das?", fragte er.

„Uhu-Kot", erhielt er als Antwort. Kramer verdrehte schmunzelnd die Augen. Doch Mönning ließ sich nicht aus der Ruhe bringen.

„Sie meinen Gewöll, oder?", konterte Mönning, „sehe ich hier Reste von Igelstacheln?"

„Sehr gut", kam der Professor auf ihn zu, „woher wissen Sie das?"

„Wir beherbergen einen Igel bei uns. Er heißt Boris. Meine Freundin hat ihn so getauft. Sie füttert ihn mit Katzenmilch und Whiskas. Käme ein Uhu in unseren Garten, hätte er ein echtes weibliches Problem."

Theling lachte ein wenig und erklärte Mönning noch im Einzelnen, was er unter dem Mikroskop genau entdeckt hatte.

„Eigentlich sind Sie doch der Uhu-Forscher. Was hat ihr Sohn dann in der Kirche gemacht?", fragte Mönning aufs Geratewohl.

Kramer saß wieder einmal fassungslos und passiv daneben, überließ Mönning die Gesprächsführung und machte sich Notizen. Nebenbei schaute sie aus dem Fenster und beobachtete die Zebrafinken in der Voliere.

„Berni ist nur für mich eingesprungen. Er begeistert sich ein wenig für unsere Nachtvögel. Aber nicht so wie ich. Trotzdem teilen wir uns manchmal die Aufsicht, wenn es Jungtiere gibt. Berni bekommt dafür sogar ein kleines Honorar der Universität. Wissen Sie, die Uhus gehören ja gar nicht in die Katharinenkirche und für die Jungvögel ist es dort sehr gefährlich. Wenn sie noch nicht richtig fliegen können, fallen sie ziemlich tief aus dem Turm. Wir versorgen die verletzten Tiere dann und bringen sie zurück zu ihren Eltern."

„Eigentlich leben sie doch im Kreuzgang des Doms, oder?", mischte sich Kramer nun ein.

„Ja, aber sie sind aufgrund der besseren Ernährung wohl umgesiedelt. Meine Frau und Michael haben allerdings immer wieder gefordert, dass wir die Vögel zurück zum Dom bringen. Aber die sind auch beide katholisch", er lachte spöttisch auf. „Aber Berni ist evangelisch, weil meine Mutter das bei der Heirat mit Mechthild so durchgesetzt hat. Wenn ich schon 'ne Katholikin heiraten muss, dann bleiben unsere Kinder aber evangelisch."

„Mechthild?"

„Meine Frau."

„Sie erwähnten gerade einen Michael", unterbrach Kramer, „wer ist das?"

„Ach", er wehrte mit einer Handbewegung ab, „ein Spinner. Ich weiß noch nicht einmal seinen Nachnamen. Berni hat ihn mal in einer Buchhandlung kennengelernt, weil er Bücher fürs Studium bestellen musste oder sowas. Und dieser Michael hat ihn wohl beraten. Daraufhin kam er öfter zu uns nach Hause. Berni war schon total genervt. Aber Mechthild hat gerne 'n Gläschen mit ihm getrunken. Nach Michael fragen Sie besser meine Frau."

„Machen wir bei Gelegenheit. Ich hatte den Namen nur vorher nicht richtig gehört", entschuldigte sich Kramer.

„Müssen Sie auch nicht", beruhigte der Professor.

„Ihr Sohn hat wie Sie auch Biologie studiert, oder?", hakte Mönning wieder nach, um weitere brauchbare Informationen zu erhalten.

„Richtig, deswegen konnte ich ihm ja auch die Stunden als HiWi verschaffen. Doch sein Schwerpunkt sind nicht Uhus. Er studiert Biologie und Theologie auf Lehramt fürs Gymnasium. Hätten sich die Uhus in einer alten Fabrik eingenistet, wäre Berni bestimmt nicht eingesprungen. Aber so konnte er die Katharinenkirche genau inspizieren. Der Turm ist für Ottonormalverbraucher gesperrt, weil eine Feuerleiter oder ein Notausgang fehlen."

„Oh, das verstehe ich nicht", lachte Kramer. So distanziert der Professor zunächst gewirkt hatte, umso offener wurde er nun. Dennoch registrierte Kramer auch, dass er von seinem Sohn nicht in der Vergangenheit sprach. Für ihn schien sein Sohn nach wie vor zu leben.

„Ach, die Kirche hat den Aufgang zum Turm doch

restauriert. Die Treppen hoch in die erste Etage wurden für viel Geld restauriert. In der ersten Etage gab es eine tolle Ausstellung über den Wandel der Kirche. Und dann fällt irgendso'm Ordnungsmensch auf, dass es keinen Notausgang gibt, die Besucher also nicht hoch dürfen. In St. Marien geht es doch auch, bis hoch in den Turm. Bei Feuer bitte von oben abseilen, oder was?"

„Ja, aber Herr Theling, genau diese Treppe ist Ihr Sohn hinabgestürzt", erinnerte Kramer den Mann.

Er schwieg.

Kramer hatte das KO-Argument und das Gespräch zum Erliegen gebracht. Sie hasste sich selbst dafür.

Minuten schienen zu vergehen. Mönning ließ diese Ruhe gewähren. Er wusste, dass er Geduld haben musste. Kramer wollte gerade wieder ansetzen, doch er schüttelte mit dem Kopf und auch sie schwieg. Endlich fragte Mönning:

„Herr Theling, was denken Sie?"

Sanfte Tränen bahnten sich einen Weg durch die ersten Altersfurchen des Gesichts.

„Er, mein Berni, ist vielleicht gestolpert, aus Versehen. Aber mit Absicht ist er nicht gefallen", antwortete er.

„Genauso denken wir", unterstützte Mönning ihn. „Herr Theling, ich muss Sie das leider fragen, aber könnte Berni auch gestoßen worden sein?" Dabei fragte der Polizist sehr behutsam, so dass Kramer eine Gänsehaut bekam.

Theling schaute auf.

„Gestoßen?"

Es wirbelte in seinem Kopf.

„Wer sollte so etwas tun?"

„Genau das versuchen wir herauszubekommen", sagte Mönning sanft.

Wieder verging Zeit. Stille. Theling kramte in seinen Gedanken. Er suchte nach Antworten, doch fand keine.

„Sollen wir aufhören oder darf ich Sie etwas völlig anderes fragen", setzte Kramer schließlich ein.

„Fragen Sie", sagte Theling halb benommen.

„Sina", warf Kramer ein.

Ihr Gegenüber zuckte, lächelte, versank in Gedanken und Erinnerungen. Kramer und Mönning warfen sich fragende und viel sagende Blicke zu.

„Sina?", antwortete der Professor. „Sie ist die Freundin von Berni, ein nettes Mädchen, soweit ich beurteilen kann. Viel kann ich Ihnen dazu leider nicht sagen, da hab ich mich nicht eingemischt. Und fragen Sie dazu nicht meine Frau, sie mochte das Mädel nicht. Sie mochte keine von Bernis Freundinnen und das waren nicht viele, soweit ich weiß. Keine war gut und katholisch genug für sie."

„Vielleicht besuchen wir Sina am besten direkt und befragen sie", schlug Kramer vor.

„Ja", antwortete Theling leicht verunsichert.

„Ich würde Sie aber gerne noch einmal wegen Ihrer Forschungen bemühen", sagte Mönning zum Abschied, „wir haben auch Milane in unserem Garten. Wir wohnen direkt am Wald."

Theling lebte wieder auf und schien sich auf ein kommendes Treffen zu freuen.

XI

Vor dem Uni-Gebäude nahm Mönning seiner Kollegin den Autoschlüssel direkt ab.

„Ich muss … meine Freundin sehen", erklärte er kurz.

Kramer widersprach nicht, sondern wunderte sich nur ohne Ende.

Das Ende hörte auch erst vor der Villa von ihrer Freundin Lisa von Suttner am Wall auf. Mönning parkte, stieg aus und empfahl ihr, ihm zu folgen.

„Meine Freundin ist gerade hier", zwinkerte er.

Er hatte hinter dem Haus geparkt und machte sich nicht die Mühe, um das Haus zum Haupteingang zu gehen. Stattdessen stieg er die Stufen zum Wintergarten hinauf und schaute, ob die Tür geöffnet war. Dann klopfte er sacht gegen die Scheibe. Kurz darauf öffnete Mia und umarmte ihn innig.

Kramer stieß hinter den beiden die Tür auf und ging durch in die Küche.

„Kein Kaffee?", fragte sie laut fordernd.

„Kommt gleich", sagte ich und griff nach der Kanne. Doch Kramer war schneller, schnappte die Kanne und umarmte mich erst einmal herzlich.

Wenig später saßen wir ungezwungen beim Kaffee und schnell geschmierten Croissants in meinem Büro und tauschten illegale Infos aus. Vor der Tür saßen Chilly und Pepermint wie Türsteherinnen mit besonders geschärften Krallen für den Notfall.

„Lisa", dabei bestaunte Kramer die ersten Ausdrucke der Treppe, die die Photographin bereits vergrößert und an den Wänden hängen hatte, „ich würde dir zu gerne den Turmaufgang in St. Katharinen zeigen."

„War ich schon mal oben, wie Du siehst."

„Ja, aber, bestimmt möchtest du noch mal den Aufgang …"

Endlich verstand ich. Für meine nächste Ausstellung brauchte ich weitere Motive, aktuelle Motive. Nach dem Kaffee rüstete ich mich für einen kleinen Ausflug.

„Mia und ich könnten uns in der Zeit ja rund um die Kirche umsehen. Und umhören. Ich glaube, dort wird eine kleine Lokalität frei, die du mit deiner neuen Kollektion bestücken könntest", schlug Mönning vor. In der Tat gab es dort ein freistehendes Geschäft, das eigentlich wie für Mia geschaffen war. Wir verabredeten uns zu viert im Anschluss auf einen Kaffee bei Barösta, damit niemand wegen anderer Beschäftigungen im Präsidium aufflog.

Die Kirche war geöffnet, so dass Kramer nur noch darum bitten musste, dass der Treppenaufgang aufgeschlossen wurde. Eine Absperrung gab es noch nicht, da der Ort nicht als polizeilicher Tatort galt.

Sicherheitshalber drückte mir Johnny Überziehkondome für die Schuhe in die Hand, damit wir keine neuen Spuren verursachten und möglichst keine verwischten. Der Aufgang war schmal und in warmes Licht gehüllt. Es gab immerhin mehrere Lampen, die sehr weiches gelbliches Licht von sich gaben. Außerdem strömte ein wenig Tageslicht unter einer Tür hindurch, die nach fünf Stufen nach draußen führte, in den Turm. Bis zur ersten Ebene waren es nur 120 Stufen. Diese aber zu fallen war ein weiter Weg. Die Stufen waren unterschiedlich hoch, dennoch fand ich schnell einen Rhythmus für mich beim Aufstieg. Ich schloss meine Augen und versuchte mich in die Situation von Berni Theling hineinzuversetzen. An der Innenwand gab es ein Seil als Geländer. Die andere Hand konnte ich bequem an der Außenwand entlang fahren lassen. Selbst im Dunkeln war dieser Parcours leicht zu bewältigen.

„Warum war das Licht aus, als der Junge gefunden wurde?", fragte ich Johnny.

„Gute Frage. Der Küster hat es sofort wieder angeschaltet, nachdem er Theling gefunden hatte. Es war nicht defekt."

„Wollte er sich selbst einer Mutprobe unterziehen?"

„Möglich", grübelte die Kommissarin, „laut Obduktion ist es wahrscheinlicher, dass er gestürzt wurde."

Wir waren inzwischen auf der ersten Ebene angekommen.

Eine Tür, ein paar Stufen und wir befanden uns in einer Ausstellung, die nicht gezeigt werden durfte. Wegen Sicherheitsbestimmungen, erklärte mir Johnny knapp. Sie lief ansonsten eher wie ein Schatten hinter mir her. Ich sollte schauen, und sie analysierte später. Unkontrolliert hielt ich die Kamera in diese und in jene Richtung, schoss etliche Bilder. Dann setzte ich mich auf die Eisenwendeltreppe, die zur nächsten Ebene führte. Ich schwieg. Ich sah. Ich schwieg.

Johnny lehnte an einem der Ausstellungspfosten und wartete. Sie schwieg. Sie wartete. Sie schwieg.

10×10 qm schätzte ich. Kirchenmodelle mit Plane geschützt vor dem Staub. Aber auch geschützt vor dem Vogelschiss. Und davon gab es hier reichlich. Vermutlich von Tauben.

Unser Weg führte uns schneller runter, als ich vorhatte. Da gab es die Nische im Abgang. Im Geiste merkte ich mir vor, diese noch mal zu untersuchen. Doch nun führte uns Musik nach unten. Klavier. Vermutlich Bach. Aber auf dem Klavier? Egal von wem, es klang beruhigend. Gleichzeitig klang es befreiend. Es klang nach Trauer. Es klang nach Freiheit. Es klang nach Tränen und nach Ruhe.

Johnny und ich setzten uns in eine Kirchenbank und lauschten, ließen uns mitreißen.

XII

Mit aller Wucht und Wut haute sie noch einmal in die Tasten und wollte die Tastenklappe des Flügels zuschlagen, hielt aber im letzten Moment inne und klappte sie leise zu. Dann drehte sie sich zu den beiden Frauen und sagte:

„Sie kommen wegen Berni, oder?"

Kramer war einen kurzen Moment verlegen, dass man ihr ihren Beruf tatsächlich ansah. Andererseits verkürzte das das Prozedere.

„Richtig", antwortete sie knapp.

„Dann lassen sie uns in die Sakristei gehen, dort sind wir ungestört."

Kramer und ich folgten der jungen Frau in einen kleinen Raum links hinter der Kanzel. Hier befanden sich einige Schränke, in denen vermutlich die Gegenstände fürs Abendmahl untergebracht waren. Außerdem gab es einen Kleiderständer mit unterschiedlichen Talaren. An den Tisch in der Mitte setzten sich die drei Frauen. Kramer stellte sich und ihre Begleiterin kurz vor und betonte, dass es sich hier um ein rein informelles Gespräch handeln würde, da ein Mord an Berni Theling noch nicht vollständig bestätigt sei.

„Fragen Sie", entgegenete die junge Musikerin kurz.

„Sie heißen …"

„Sina"

„Und weiter?"

„Sina von Gülich"

„In welchem Verhältnis standen Sie zu Berni Theling?"

„Er war mein Freund."

„Darf ich fragen, wie lange schon?"

„Nicht lange genug."

Kramer räusperte sich, weil sie mit der Antwort unzufrieden war. Dennoch war es vermutlich die ehrlichste Antwort, die sie bekommen konnte. Sie jedoch wollte etwas anderes als Auskunft und hielt steif an ihrem roten Fragefaden fest, völlig unflexibel. Sie wünschte sich Mönning herbei.

„Hatten Sie wundervolle gemeinsame Pläne?", fragte ich, mir wurde die Pause zu lang.

Sina von Gülich blickte mich genauer an und antwortete:

„Erst einmal wollten wir unsere Studiengänge absolvieren. Und dann weiter sehen."

„Was studieren Sie denn? Auch Lehramt?"

„Bloß nicht", entgegnete von Gülich, „ich studiere Geschichte und ein bisschen Archäologie und Theologie und Musik. Ich liebe Steine und Ausgrabungen, bloß keine kreischenden Kniebeißer."

„Wenn ich recht informiert bin, dann wollte Berni Lehrer fürs Gymnasium werden..."

„Große pubertierende Kniebeißer. Vielleicht ändert sich meine Einstellung ja irgendwann, aber derzeit mag ich keine Kinder."

Sehr sympathisch, dachte Kramer.

„Haben Sie mit Berni zusammengewohnt?"

„Mal ja, mal nein. Seine Mutter ..., haben Sie die schon

kennen gelernt? Dann brauche ich ja nix mehr zu sagen."

„Oh, doch, bitte. Was halten Sie von ihr?"

„Völlig weltfremd. Herrschsüchtig. Controler. Sie mag mich nicht. Muss sie auch nicht. Und sie hat Berni den Umgang mit mir verboten. Die haben sich richtig gefetzt. Hin und wieder ist Berni dann auch Zuhause geblieben, wenn es ihr sehr schlecht ging."

„Schlecht?"

„Depressionen. Betrunken. Nennen Sie es, wie Sie wollen. Tabletten nimmt sie auch, glaube ich."

„Und ihr Mann? Kennen Sie Bernis Vater?"

„Der Herr Professor. Auch weltfremd, aber süß. Er betüdelt hier die Uhus – wie ein Vater. Und er freut sich, wenn die Kleinen etwas Neues können."

„Hat Herr Theling sen. seinem Sohn den Umgang mit Ihnen auch verboten?"

„Nein." Es wirkte so, als sei der Satz an dieser Stelle noch nicht beendet. Doch er ging nicht weiter.

„Was haben Sie da eben gespielt?"

„C-Dur, Präludium von Bach. Kennen Sie sich da aus?" Leider musste ich zugeben, dass ich keinerlei Ahnung hatte.

„Es klang traurig und gleichzeitig schön. Jeder verarbeitet den Tod eines geliebten Menschen wohl anders." Schweigen, Sinnieren. Ich wollte mich schon verabschieden, als Kramer wieder übernahm.

„Wer könnte Berni im Turm gestoßen haben?" Von Gülich zuckte zusammen. All ihre jugendliche Farbe verschwand wie bei einem Hurrikan aus ihrem Gesicht.

„Ist er gestoßen worden?"

„Das wissen wir noch nicht. Dennoch frage ich Sie

nach Feinden."

„Nein. Berni hatte keine Feinde. Er war großartig, liebenswert, hilfsbereit."

Kramer unterstand sich, nach den negativen Charakterzügen zu fragen. Aber ihr war klar, dass Sina ihren Freund in glänzendem Licht stehen sehen wollte.

Seine Schattenseiten werde ich auch noch finden, schwor sich die Kriminalistin.

Ich stand bereits.

„Noch eine Frage. Kennen Sie einen gewissen Michael?"

„Den Buchhändler? Auf seine Art auch weltfremd, schräg. Eigentlich ist er 'n Netter, aber er quatscht einem einen Knopf an die Backe, wenn es um gute Bücher geht. Spezialisiert hat er sich auf theologische Bücher."

„Wo können wir ihn finden?"

„Er arbeitet in der Buchhandlung ‚St. Peter' beim Dom."

Kramer bedankte sich für die Informationen. Sina von Gülich setzte sich wieder an den Flügel und spielte eine weitere Sonate von Bach. Ich wäre gerne noch geblieben, aber wir waren mit Mönning und Mia im Barösta verabredet.

Mönning und Mia hockten verliebt an einem Tischchen draußen auf der Redlinger Straße und hielten Händchen. Als er Kramer und mich erblickte, klopfte er sacht an die Scheibe und hielt zwei Finger hoch. Kurz darauf brachte die Bedienung zwei Kaffee Crema nach draußen.

Kramer wollte gerade einen Monolog über Sina von Gülich halten, hielt inne und fragte mich stattdessen:

„Was sagt dein Bauchgefühl?"

„Weltfremd", lachte ich.

Dieses Wort würde für die nächste Zeit zum running gag werden.

„Sympathisch, offen, kreativ, vielseitig, sie wirkte traurig, aber nicht verloren, ihre Zuneigung schien echt, aber nicht …"

Mir fehlten die passenden Worte. Dabei blickte ich auf Mia und Mönning.

„… so wie ihr. Nicht so hingebungsvoll, frisch verliebt, oder was auch immer. Abgeklärter."

Anschließend fasste Kramer die wichtigsten Fakten zusammen, die Mönning sich kurz notierte.

XIII

Die nächste Station hieß Michael Engels. Er stellte gerade neue Bücher in die Auslage der Buchhandlung ‚St. Peter'. Kramer betrachtete ihn zunächst durch die Fensterscheibe.

„Weltfremd?", überlegte sie.

Er sah schon sonderbar aus, fand die Polizistin. Woran sie das festmachen wollte, konnte sie nicht sagen. Sie würde Lisa in den nächsten Tagen zu einem dringenden Buchkauf mit Beratung überreden müssen.

Nun betrat sie mit ihrem Kollegen Mönning die Buchhandlung. Der steuerte direkt auf einen Büchertisch mit regionalen Krimis zu.

„Welchen würden Sie mir empfehlen?", fragte er den Verkäufer, der sich ihm gerade nährte.

„Sie sind alle wunderbar zu lesen. Soll es ein

historischer Krimi sein?"

„Vielleicht einer, in dem die Katharinenkirche vorkommt?"

Schlagartig wechselte der junge Mann wie ein Chamäleon die Gesichtsfarbe.

„Sie kommen wegen Berni?"

„Ja. Können wir uns irgendwo ungestört unterhalten?" Engels gab kurz einer Kollegin Bescheid und führte die Polizisten in einen kleinen Aufenthaltsraum. Er bot ihnen Stühle und Getränke an. Doch beide hatten gerade genug Kaffee getrunken.

„Michael Engels?", vergewisserte sich Kramer noch einmal.

Der nickte. Mönning hielt sich auffallend zurück. Anscheinend gab es bei diesem Zeugen kein Händchen halten und keinen Zitronenkuchen. Doch Mönning war anzumerken, dass er sein Gegenüber genau fixierte und sensible Stellen suchte, an die er anknüpfen konnte.

„Sie haben schon von Berni Theling gehört, vermute ich."

Er nickte wieder Mals.

„Erzählen Sie uns von ihm", bat Mönning mit sanfter Stimme. Kramer atmete innerlich auf, das Zepter wieder abgeben zu können. Sie identifizierte sich noch nicht mit diesem Fall.

Ihr Handy klingelte. Freese. Sie entschuldigte sich kurz und verließ den Raum. Freese bestätigte nur kurz, dass sie nun in einem Mord ermitteln würden. Alles Weitere von der Rechtsmedizin läge morgen früh auf ihrem Schreibtisch.

Sie wusste zwar, dass vier Ohren mehr als zwei hörten

und vier Augen auch mehr sähen, trotzdem suchte sie die Kundentoilette auf und ließ kaltes Wasser über ihre Handgelenke rieseln. Schon wieder steckte sie in irgendeinem Liebesdrama. Es war wie verhext. Sollte sie sich nicht wirklich erst einmal um ihr eigenes kümmern? War sie vielleicht wirklich zu früh wieder eingestiegen? Hatte Mönning Recht? Sie wollte nicht zu Hause sitzen und Trübsal blasen. Auf gar keinen Fall. Das war sie nicht. Sie war taff. Sie konnte so schnell nichts aus der Bahn werfen! Oder doch? Sie sehnte sich nach Schreibtischarbeit und nicht nach Befragungen. Und vor allem sehnte sie sich nicht nach einem Mord. Warum taten Menschen nur so etwas Abscheuliches?

Sie wartete vor der Buchhandlung auf Mönning, hatte ihm nur kurz eine SMS geschickt: Brauche frische Luft. Mönning hatte ihr daraufhin ein Einhorn zurückgesendet. 🦄

XIV

Pfeifer, Vorgesetzter der Abteilung, hatte eine Teamsitzung für den Nachmittag anberaumt. Auch ihn hatte die Mitteilung, dass Berni Theling keines natürlichen Todes gestorben war, erreicht. Nun musste ein Team eingesetzt werden und die Vorgehensweise geklärt werden. Wie immer vertraute er seiner Frontfrau Johanna Kramer, wie er sie inzwischen herzlich titulierte.

Kramer fasste alle wichtigen Ergebnisse, die sie über den Toten herausgefunden hatten am Whiteboard zusammen, zog Verbindungen zu den Eltern Mechthild und Bernhard Theling und malte über deren Verbindungspfeil einen Blitz, der Schlechtwetter andeuten sollte. Dazu kam noch Sina von Gülich, die Freundin. Mit weitem Abstand kreiste sie Michael Engels ein. Jeder in der Familie kannte ihn. Ob er eine Rolle darin spielte, vermochte sie noch nicht einzuschätzen. Mönning berichtete noch von seinen Eindrücken, die er während des Gesprächs in der Buchhandlung gesammelt hatte.

„Merkwürdig weltfremd", fasste er zusammen.

Freese war bereits fleißig gewesen und hatte einige Informationen über den Buchverkäufer aufgetan.

„Michael Engels, 27 Jahre alt. Geboren in Cloppenburg, Stadtteil Bethen, Hausgeburt. Grundschule, Gymnasium Cloppenburg. Durchschnittlicher Schüler. In der katholischen Kirche angefangen als Messdiener. Studienbeginn als Theologisches Vollstudium – Magister Theologiae – um später als Priester eine Gemeinde zu führen. Sein Studium finanziert er als Aushilfe in der Buchhandlung. Er ist sehr belesen und daher als Mitarbeiter in der Buchhandlung sehr begehrt. Bei ‚St. Peter' werden vor allem christliche, theologische Bücher verkauft. Und Engels gilt als Koryphäe auf dem Gebiet."

„Woher weißt du das alles?", staunte Kramer.

„Zum einen hat er viele Mails an Berni Theling gesendet, ich hab doch den Laptop zum Durchchecken. Und daraufhin hab ich bei ‚St. Peter' angerufen und Engels wurde in höchsten Tönen vom Chef höchstpersönlich gelobt. Der hat seine Vokatio und seinen Himmelfahrtsturn jetzt schon sicher."

„Missio canonica", verbesserte Mönning. Sofort mischte sich sehr viel Rot in seine Gesichtsfarbe, es war ihm peinlich. Er wollte doch raus aus dem Schubladendenken seiner Kollegen und immer wieder erwischte er sich dabei, dass er andere verbesserte.

„Stimmt, Uwe", lachte Freese. „Ich bin evangelisch angehaucht. Engels gehört zum katholischen Zweig."

Nun räusperte sich Pfeifer in den vermeintlichen Jungenstreit.

„Meine Herren. Hier geht es doch wohl nicht um Glaubensdefinitionen von evangelisch und katholisch. Wie werden wir weiter vorgehen? Und diese Frage richte ich an meine Dame."

Kramer war angesprochen, aber sie hatte nicht die geringste Ahnung.

Noch in ihrer Schockstarre ging Mönning zum Whiteboard und notierte „Uhus" an den Pfeil zwischen Berni und seinem Vater.

„Ich glaube, dass der Umzug der Uhus möglicherweise irgendetwas mit dem Fall zu tun hat."

„Wir befragen jetzt aber nicht alle Uhus der Gegend, Mönning", lachte Pfeifer über seinen misslungenen Witz.

Ab jetzt hieß es wieder mit Hochdruck möglichst viele Fakten zusammenzutragen und den Täter möglichst schnell dingfest zu machen. Pfeifer hatte Kramer – so wie schon früher stets – sein vollstes Vertrauen ausgesprochen, ihr die Arbeit überlassen und gemeckert, wenn es nicht schnell genug voranging. Sie war sich nicht sicher, ob sie diesem Druck schon wieder standhalten konnte.

„Ideen?", fragte sie daher in die Runde.

„Ich untersuche weiterhin den Laptop von Theling. Ich hab da 'ne kreative Praktikantin an der Hand, die noch viel versierter ist als ich. Gib uns 'ne Nacht", kommentierte Freese.

„Und was ist mit Deinen Kindern?", hakte Kramer nach.

„Die haben ein Date mit Chilly und Pepermint, soweit ich weiß. Wenn ich sie anrufe, übernachten vermutlich alle bei Lisa und machen sich einen lustigen Katzenabend."

Kramer schmunzelte über diese Idee und schaute weiter in die Runde.

Zwei weitere Kollegen wollten sich morgen um Infos an der Universität über Theling bemühen und um die Ermittlungsergebnisse von Henderson und Evers.

„Ich kümmere mich erst intensiv um Mia und ...", begann Mönning.

„Raus!", lachte Kramer.

Ein Prosecco bei Lisa wäre das Richtige für sie. Danach eine Dusche und ihr eigenes Bett. Und morgen voll durchstarten. Ein guter Plan.

XV

Im Hause von Suttner ging es kunterbunt rund wie immer. Die Türen waren für Menschen mit Zu-flucht und Auf-der-Flucht immer offen. So war Inga Freese mit den Mädels über Nacht geblieben. Joshua hatte mit seinen Neffen trotzdem den Marvel-Film schauen können. Die Jungen wurden abends wieder abgeholt, zur Erholung aller weiblichen Insassen. Joshua war zufrieden auf dem Sofa eingeschlafen. Seine Medikamente waren nicht zu verachten. Inga, Johnny und ich hatten die „erste" Flasche Prosecco immer wieder geöffnet und über Weltfremdheit gesprochen. Dann hatte sich Johnny ein Taxi rufen lassen, war nach Hause, unter die Dusche und in einem weltfremden Traum versunken.

Kapitel II

I

Der dritte Tag nach dem Mord war angebrochen. Die ersten 24, maximal 48 Stunden seien die wichtigsten. Eigentlich galt das für Entführungen, doch oft traf es auch zu, um einen Mörder dingfest zu machen – so hieß es allgemein. Diese Zeit war verstrichen und Kramer hatte das Gefühl, gerade erst zu wissen, dass es sich überhaupt um einen Mordfall handelte.

Sie war früh aufgestanden. Der Kopf brummte ein wenig. Genau deswegen zwang sie sich in ihre Joggingklamotten und joggte einmal um den Rubbenbruchsee. Es dämmerte gerade erst. Niemand begegnete ihr auf dem Weg. Damit es auch niemand Unangenehmes tun würde, hatte sie sicherheitshalber ihre Waffe in ihren Hosenbund geklemmt. Bislang war sie nie in die Verlegenheit gekommen, davon Gebrauch zu machen. Das sollte möglichst auch so bleiben. Doch wusste sie, dass in anderen Abteilungen als ihrer täglich solche Vorfälle auf dem Schreibtisch lagen. Dort wollte sie auf keinen Fall enden.

Sie wollte ihren Kopf freilaufen, Gedanken sortieren, nächste Schritte mit sich ausmachen.

II

Die Teamsitzung an diesem Morgen hatte Kramer in ihrem Kopf vorbereitet. Freese sollte starten. Welche Erkenntnisse konnten vom Laptop des Toten zum Mörder führen?

Freese hatte die Nacht durchgemacht. Er und Jasmina hatten fast alle Emails gelesen und nach Wichtigkeit sortiert. Außerdem hatten sie Thelings Umfeld nach Uni, alten Schulfreunden und Bekannten untergliedert. Nun hieß es, all diese Personen zu kontaktieren und zu befragen.

Das Handy hatten sie auch weitestgehend entschlüsselt. Es gab keine besonderen Auffälligkeiten. SMS von Sina, die sehr herzlich waren; von seiner Mutter, wann er nach Hause käme und was sie extra für ihn gekocht hatte; ein paar Sachliche von seinem Vater wegen der Uhubetreuung. Zusätzlich gab es Terminabsprachen wegen Referaten mit Kommilitonen und Bestätigungen aus einer Buchhandlung, dass bestellte Bücher zur Abholung bereit stünden.

Nach all dem, was Freese gefunden hatte, fasste er kurz zusammen:

„Bis jetzt nix gefunden. Der Typ war anscheinend beliebt, ohne Fehler. Das ist mir alles zu aalglatt."

„Aber …", merkte Jasmina schüchtern an. Sofort richteten sich alle Blicke auf sie. Sie brach den Satz ab.

„Jasmina meint, dass wir noch nicht fertig sind. Die social medias beschränken sich derzeit auf langweilige WhatsApp. Ein junger Mann wie Theling müsste bei Twitter, Instagram, tumlbr, Snapchat, vielleicht noch Facebook zu finden sein. Bis jetzt kein Profil. Und Jasmina hat die Idee, bevor wir weiter alle möglichen Algorithmen beim Hacken versuchen, die Freundin direkt nach Sozialnetzwerken des Toten zu fragen."

Damit waren sie dann auch schon beim Tagesfahrplan. Der Küster, der die Leiche im Turmaufgang gefunden hatte, sollte unbedingt noch einmal genauer befragt werden. Ebenso Sina von Gülich. Mönning würde die Mutter Theling wieder übernehmen. Henderson war mit seinem Team gestern noch einmal dort gewesen und hatte Thelings Zimmer auf den Kopf gestellt. Nun musste das Nichts, was sie gefunden hatten, weiter ausgewertet werden.

III

Das Frühstück glich einem Marathonlauf, zumindest fühlte ich mich so. Drei Kinder, drei Katzen, ein leidender Mann und eine Inga mit Kopfschmerzen.

„Ich bin nichts mehr gewöhnt", klagte sie.

„Und ich nicht so viel Kindergewusel", lachte Joshua, „ich glaube, wir überlegen uns das noch mal mit dem Nachwuchs. Katzen reichen doch vollständig aus."
Die Freese-Kinder hatten ihre Katze Louise II. mitgebracht. Lotta behauptete steif und fest, dass Louise Sehnsucht nach ihrer Mutter Chilly gehabt hätte.
Noch während Joshua die Katzen anhimmelte, jagten Pepermint und Louise über ihn hinweg quer durchs komplette Wohnzimmer und zurück in die Küche.

„Na, doch Kinder?", fragte ich Joshua verzückt.

„Kann zurzeit nicht", entschuldigte er sich augenzwinkernd.

IV

Rickham hatte sich weiterhin krankgemeldet. Der Fisch, der ihm quer lag, schien sehr groß gewesen zu sein.

Kramer überlegte zunächst, ob sie mit Mönning zu Frau Theling fahren sollte. Mönning nahm ihr die Entscheidung ab.

„Ich begleite dich zu Sina von Gülich."

Der Besuch gestaltete sich komplizierter als erwartet, denn sie war nicht zu Hause.

Sie steckte mitten in ihrem Ausgrabungsloch rund um die Katharinenkirche. Hier wurde ständig gebuddelt. Mal wurden neue Leitungen verlegt, dann wurden die Leitungen wieder erneuert. Osnabrück, die ewige Baustelle.

„Suchen Sie nach etwas Bestimmtem?", begann Mönning das Gespräch, nachdem er sich zu ihr in die Ausgrabungen begeben hatte.

„Vorsicht!", bat die junge Frau. Doch dann sah sie seine Handschuhe, die er übergestreift hatte.

„Sieht kriminalistisch aus", lachte sie.

„Sind noch von der letzten Backaktion mit meiner Freundin", konterte er und hatte den Lacher damit auf seiner Seite. Kramer stand oberhalb und fühlte sich irgendwie ausgeschlossen.

„Komm zu uns", bot Mönning ihr an.

Was sollte sie tun? Doof oberhalb danebenstehen oder in der Grube neben sich stehen? Letztendlich war es egal. Aber auf gleicher Ebene würden ihre Ohren möglicherweise mehr hören. Sina war sympathisch, ein wenig kokett und doch natürlich. Sie beäugte sie genau. Nichts schien fehlbar an ihr zu sein. Sie schien ein wundervoller

Mensch zu sein. In einer wundervollen Partnerschaft, die allerdings zu 50% tot war. Zuerst hatte Kramer beschlossen, Sina zu 100% nicht zu mögen, konnte es aber um die Hälfte reduzieren. Oder doch etwas Mitleid? Sina war die Liebe genommen worden. Sie selbst hatte sich von ihr getrennt. Eigentlich müsste es ihr besser gehen – tat es aber nicht.

„Wonach graben Sie hier?", erkundigte sich Mönning. Mönning musste zuerst versprechen, nicht zu lachen. Dann erzählte Sina von Gülich von ihrer Ur-ur-ur-großmutter Sara von Gülich, die um das Jahr 1600 geboren worden war. Sie hatte den Kaufmann Johann Baumeister geheiratet. Als sie fast 40 war, wurde sie angeklagt, Ehebruch begangen zu haben. Sie wurde mehrfach gefoltert und hatte dann natürlich gestanden, dass sie mit dem Teufel im Bunde sei. Danach hatte sie widerrufen. Ihr Mann hatte versucht, in die Unterlagen einzusehen, war aber gescheitert. Am 10. September 1639 wurde das Urteil vollstreckt. Sie wurde mit dem Schwert gerichtet und ihr Körper sollte danach verbrannt werden.

Kramer hörte gespannt zu, das war ja wie in einem Krimi.

„Aber dann ist von ihr ja nix mehr übrig", sagte sie.

„Stimmt fast", erklärte von Gülich, „in den Quellen über ihren Prozess wird ihre Hinrichtung bestätigt, nicht aber der Scheiterhaufen. Es lässt vielmehr darauf schließen, dass sie hier um die Katharinenkirche heimlich vergraben wurde. Seinerzeit war ja hier noch ein Friedhof, aber man hätte niemals zugelassen, dass eine Hexe hier beerdigt werden würde. So soll mein Ururururgroßvater sie angeblich nachts hier verbuddelt haben. Seitdem suche ich. Als hier 2016 die Gas- und Wasserleitungen erneuert wurden, musste direkt vor der Kirche gebuddelt werden. Und damals hat man einen Schädel gefunden."

„Und?", fragte Kramer neugierig.

„Vermutlich war er aus dem 18. Jahrhundert. Mehr Infos habe ich nicht bekommen. Doch da stand mein Entschluss fest, irgendwas in dieser Richtung zu studieren."

„Ich schau mal, ob ich weitere Infos kriegen kann. Das ist ein Fall für Freese mit seiner Praktikantin", versprach Mönning.

Sina von Gülich gestand nun, dass sie ihre Fahndung im Barfüßerkloster fortsetzen wollte. Klar, war das nicht erlaubt. Aber der Bau eines neuen Wohnhauses war gerade gestoppt worden, weil man auf Grundmauern des alten Franziskanerordens gestoßen sei, alte Scherben gefunden hatte und noch mehr Archäologisches zu finden hoffte. Und Sina nutzte diese Chance für eigene Ausgrabungen. Manchmal stand auch Berni Schmiere. Oder er verwickelte Passanten in ein Gespräch, um von ihr abzulenken. Und einmal sei sogar die Polizei gekommen und habe gefragt, was sie denn da machten. Da behauptete Berni doch glatt, dass sie sich gestritten hätten, weil er ihr untreu gewesen sei und sie aus Wut den Verlobungsring über den Absperrzaun geworfen hätte. Nun hätte sie ihm aber verziehen und sie wollten bald heiraten und da bräuchten sie schließlich den Ring. Daraufhin hätte der Polizist mit seiner Taschenlampe sogar noch bei der Suche geholfen. Sie lachte so herzerfrischend, als sie diese Anekdote erzählte.

„Der Bettelorden wurde bereits im 16. Jahrhundert aufgelöst und man hatte das Hauptgebäude abgerissen. Es standen doch nur noch die Außenmauern. Glauben Sie, dass Ihre Urahnin im Keller des Klosters vergraben wurde?", fragte Mönning.

Kramer verdrehte innerlich die Augen darüber, was ihr Kollege schon wieder alles wusste.

„Wir sollten vielleicht wieder über Berni Theling sprechen", lenkte sie um. „Wir müssen mehr über seine Tätigkeit hier vor Ort wissen."

Sie verließen die Örtlichkeit und suchten sich eine Bank am nahegelegenen Springbrunnen.

„Was soll ich Ihnen erzählen?"

„Wie haben Sie sich kennengelernt?"

„Ich habe ihn über meine Schwester Leanette kennengelernt. Sie hat hier schon stundenweise mit den Uhus ausgeholfen. Aber das hat sie, glaube ich, wegen Berni getan. Sie war in ihn verliebt. ... Sie brauchen sich jetzt gar nicht so vielversprechend ansehen, das ist kein Motiv. Das hätte Leanette niemals getan. Eher hätte sie versucht, ihn mir wieder auszuspannen. Hätte sie aber nicht geschafft. Berni fand meine Schwester nett. Aber Sie wissen ja, das ist die kleine Schwester von Scheiße. Berni und ich haben uns gesehen und es hat sofort gefunkt."

„Sie sagten, dass Ihre Schwester bei den Uhus ausgeholfen hat. Haben Sie auch ausgeholfen?"

„Nun ja, ich war schon manchmal mit Berni oben, aber ich habe keinen Dienst allein übernommen."

„Ich muss Sie das jetzt fragen: Wo waren Sie am Tatabend zwischen 21 und 23 Uhr?"

„Ich war im Grünen Jäger. Wir waren dort mit Freunden verabredet. Die haben aber kurzfristig abgesagt. Berni musste dann noch kurzfristig für seinen Vater einspringen. Mich hat es genervt, aber Berni schien das nicht zu stören."

„Waren Sie deswegen sauer? Haben Sie gestritten?"
„Natürlich!"

„Wie?" Kramer war verdutzt der klaren Antwort.

„Wir haben viel gestritten. Aber das ist doch das Schö-
ne. Dass man sich dann wieder vertragen kann. Und wir
haben uns oft vertragen."

„Auch im Uhu-Nest?"

„Frau Hauptkommissarin! Das ist aber intim."

„Ja oder nein?"

„Manchmal ..."

„Bei Sekt und Bier?"

Kramer fiel wieder ein, dass die KTU einen Kühlschrank
in der ersten Etage entdeckt hatte, der überwiegend mit
Piccolo und Bier bestückt war. Bislang hatte sie dem noch
keine Bedeutung zugemessen. Doch nun hatte sie eine
Idee.

Von Gülich sah sie keck an: „Dafür brauche ich doch keinen Aufputscher! Nee, Berni hat seinen ..."

„Okay, ich verstehe." Kramer ließ sie lieber nicht aus-
sprechen. „Wer hat denn dann den Sekt in den Kühlschrank gestellt?"

„Sollten Sie nicht eher fragen, wer den Sekt getrunken
hat?", fragte von Gülich verschmitzt.

„Durchaus."

„Ich weiß es nicht mit Sicherheit ... aber meine Schwester hat dort ja auch Aufsicht geführt ..."

„Ihre Schwester betrinkt sich dort alleine?", Mönning
wollte es nicht fassen.

„Sie sagt, der Kot-Gestank müsse übernebelt werden."

„Und das glauben Sie ihr?"

„Bin ich die Polizei???"

„Sie ist Ihre Schwester …"

Eigentlich hatte Sina von Gülich überhaupt keine Lust auf banale Details, aber diese beiden Polizisten würden keine Ruhe geben.

„Sie wissen doch längst, dass Leanette und ich nicht denselben Vater haben. So sind wir auch völlig verschieden. Ich glaube, Leanette wäre gerne wie ich, lebensfroh, spontan, frei, … Sie umgibt sich mit Zwängen. Sie braucht finanzielle Absicherung, macht einen langweiligen Job, buhlt nach der Liebe unserer Mutter und ist immer eifersüchtig."

„Ihr Verhältnis zu ihr?"

„Naja, sie ist meine kleine Schwester, steht fester im Leben als ich. Verdient ihr eigenes sicheres Geld, ist gut organisiert."

„Sie weichen aus."

„Sie ist doof, aber ich liebe sie."

Ähnlich hätte Kramer vermutlich auch empfunden.

„Streiten Sie oft mit Ihrer Schwester?"

„Das tun doch alle Geschwister."

„Worum ging es beim letzten Streit?"

„Um Berni, glaube ich. Sie hat mir vorgeworfen, dass ich ihn ihr ausgespannt hätte. Aber das war ja wohl bullshit. Berni wollte nie was von ihr. Das hat sie sich nur eingebildet. Er steht halt auf rote Haare. Ach, und letzte Woche haben wir uns wegen der Uhus gestritten. Berni fand … er war dabei, dass die Uhus nach Hause in den Dom müssten. Leanette beharrte darauf, dass sie nun in St. Katharinen wohnen. Ich bin für den freien Wohnungsmarkt, aber bezahlbaren Wohnraum. Letztendlich ist doch egal, wo der alte Theling die Viecher füttert, Hauptsache er tut es. Oder?"

„Oder sein Sohn."

„Oder ich."

„Noch mal zurück zu dem Abend. Sie haben sechsmal versucht, Berni Theling anzurufen."

„Dann wissen Sie ja auch schon, dass er nicht dran gegangen ist." Sie wurde gereizter.

„Und dann sind Sie nicht schauen gegangen, warum er nicht an sein Handy geht?" Auch Kramers Stimme nahm Fahrt auf.

„Warum sollte ich?"

„Sie waren die ganze Zeit in derselben Funkzelle wie Berni eingeloggt."

„Natürlich. Der Grüne Jäger liegt ja auch fast neben der Katharinenkirche."

„Es wäre für Sie ein leichtes gewesen, unbemerkt zur Kirche zu gehen."

„Bin ich aber nicht", Sina von Gülich wurde laut und unbeherrscht. „Ich bin nicht seine Mutter. Ich spioniere ihm nicht nach!"

„Letzter Punkt. Der Schlüssel zum Turm."

„Welcher Schlüssel? Ich habe keinen. Berni hat für mich die Tür offengelassen, wenn wir dort verabredet waren. Den anderen Schlüssel hat sein Vater."

„War die Tür an dem Abend nur angelehnt?"

„Weiß ich doch nicht. Ich war nicht dort. Ich habe an der Theke gesessen, ein Bier getrunken und mit Pascal hinter der Theke gequatscht. Ich war noch nicht mal auf dem Klo. Ich bin nach Mitternacht gegangen, nach zwei oder drei Bier. Fragen Sie den Inhaber vom Jäger."

„Das werden wir."

„Soweit für jetzt", beendete Kramer. „Wir brauchen noch die Adresse Ihrer Schwester."

„Sie war es auch nicht!"

V

Mit Inga war heute kein Blumentopf zu gewinnen, ihr war einfach übel. Ich hatte ihr deswegen etwas Auszeit versprochen und ging mit den Mädchen Lotta, Lilli und Luna in die Stadt. Ich hatte auch schon einige Ziele im Kopf.

Wir begannen im Kreuzgang des Doms. Ich wollte mich unbedingt vergewissern, dass die Uhus wirklich ausgezogen waren. Möglicherweise konnte ich sogar jemanden treffen, der einen Grund dafür wusste.

Keine Uhus, keine Menschen, kein Lärm. Nur wunderbare Stille, unterbrochen von ein paar Spatzen. Lotta setzte sich auf ein Stück Rasenfläche und bestaunte die Grabsteine und eine Jesus-Statue.

„Jesus", erklärte ich ihr.

„Kenn ich", lachte Lotta. „Als Baby lag der im Futternapf von Louise I."

„Du meinst wohl in der Krippe im Stall. Habt ihr zuhause oder im Kindergarten eine Krippe aufgestellt?", fragte ich.

„In Louises Futternapf!", beharrte sie, „Lilli hat das Holzbaby von Maria genommen und es in den Napf gelegt."

„Leg dich niemals mit kleinen Persönlichkeiten an", dachte ich.

Nächste Station: Buchhandlung ‚St. Peter'. Ich ließ die

Kinder von der unsichtbaren Leine. Sollten sie doch die Kinderbuchabteilung rocken. Immerhin gab es dort eine Spielecke.

„Kann ich Ihnen behilflich sein?", fragte eine freundliche Stimme hinter mir.

Ein junger Mann, im Anzug, unmoderner Haarschnitt. Das musste der Verkäufer sein, von dem Johnny erzählt hatte.

„Ein Kaffee wäre nett", frotzelte ich.

„Gerne. Mit Milch und Zucker?"

„Nein, schwarz."

Damit war er verschwunden und kam kurz darauf mit einem heißen Kaffee zurück.

Das machte ihn sympathisch, nicht verdächtig.

„Kennen Sie sich mit Kinderbibeln aus? Ich suche eine für Lotta", gab ich vor.

Lotta schaute mich funkelnd an, kniff kurz ein Auge zu und spielte weiterhin mit ihrer Schwester in der Spielecke.

„Es wäre peinlich, wenn nicht", kommentierte der junge Mann. „Ich arbeite hier nur zur Aushilfe. Eigentlich studiere ich Theologie. Mein Ziel ist als Bischof im Dom tätig zu sein. Aber das ist noch ein weiter Weg."

„Ein hohes Ziel", bestätigte ich. „Dann könnte ich Sie aber nach den Uhus fragen? Sind die wirklich in die Katharinenkirche umgezogen?"

„Ja, vorübergehend. Jedes Schaf verirrt sich mal."

„Gibt es auch Schafe im Dom?", fragte Lotta.

„Nein, nur so eine Redewendung. Kennst du die Geschichte vom verlorenen Schaf oder vom guten Hirten?"

„Nein, liest du sie mir vor?"

Schon zog er ein Bilderbuch aus dem Regal und hockte

sich mit zu den Mädchen auf den Boden.

„Wie heißt du?", fragte Lotta.

Sehr gut, dachte ich.

„Michael Engels. Und du?"

„Ich bin Lotta. Bist du wirklich ein Engel?"

Nun, so sah er weiß Gott nicht aus. Flügel hätten ihm vermutlich nicht gestanden.

Engels las den Kindern das Gleichnis mit solch einer ruhigen Leidenschaft vor, dass sich sogar ein paar weitere Kunden dazustellten und einfach zuhörten. Ich kaufte das Buch. Und noch ein weiteres.

Wegen der Kinderbibel würde ich ein andermal vorbeikommen. Damit hatte ich einen nachvollziehbaren Joker im Ärmel, falls Kramer meine weitere Hilfe mit diesem sympathischen Kauz bräuchte.

VI

„Leanette von Gülich?"

Der jungen Frau wurden zwei Dienstausweise vor die Nase gehalten.

„Johanna Kramer und mein Kollege Uwe Mönning, Kripo Osnabrück."

„Nur Gülich, Leanette Gülich. Was kann ich für Sie tun?"

„Dürfen wir reinkommen?"

„Das weiß ich noch nicht. Worum geht es?"

„Berni Theling."

„Was ist mit ihm?"

„Sie haben noch nicht mit Ihrer Schwester gesprochen? Herr Theling wurde ..."

„Ich muss mich setzen, kommen Sie rein."

Leanette schwankte zum Sofa im Wohnzimmer. Mönning platzierte sich sofort neben sie.

„Ich habe gesehen, dass Sina mir eine SMS geschickt hat, habe sie aber noch nicht geöffnet. Was ist Berni passiert?"

„Vermutlich wurde er vom Treppenaufgang zu den Uhus in St. Katharinen hinuntergestoßen", klärte Kramer sie auf.

„Ist er tot? Aber wer macht denn sowas?"

„Wir hoffen, dass Sie uns dabei helfen, es herauszufinden", schmeichelte Mönning.

„Ja, natürlich."

„Ich hole mal was zu trinken aus der Küche", überlegte Kramer. Mönning nickte zustimmend. Allmählich fühlte es sich mit ihm wie ein Team an, fast eingespielt. Kramer kramte in der Küche, suchte nach Gläsern und im Kühlschrank nach sprudelndem Wasser. Am Kühlschrank hingen mit Magneten befestigte Fotos, die sie eingängig studierte. Es waren auffällig viele Fotos von Berni Theling, allein, mit Uhu, mit Sina und ihr, ein Foto vom Vater Theling vor seiner Vogelvoliere und ein paar weitere mit lachenden Freundinnen. Nun, Sina hatte angedeutet, dass ihre Schwester in Berni verliebt sei. Die Kühlschrankfront schien dieses zu bestätigen.

Währenddessen versuchte Mönning der trauernden Frau wichtige Informationen zu entlocken.

„Sie mochten Berni sehr, oder?"

„Ja, eigentlich war er ja mein Freund, bis Sina kam. Alles dreht sich immer nur um Sina. Schon angefangen mit dieser vermeintlichen Hexe aus dem Mittelalter, die hingerichtet wurde. Das macht Sinas Leben spannender!"

„Die Verwandtschaft ist nur eine Geschichte?"

„Meine Mutter hat ihr den Floh ins Ohr gesetzt. Vielleicht weil Sina schon im Kindergarten immer wegen ihrer roten Haare gegretelt wurde."

„Gehänselt?"

„Im Zuge von Geschlechtergerechtigkeit in der deutschen Sprache muss es gegretelt heißen", erklärte Gülich.

Kramer war inzwischen mit ihrer Beute zurück ins Wohnzimmer gekommen und stellte die Gläser auf einem Designertisch ab.

„Ihr Verhältnis zu ihrer Schwester scheint nicht sehr harmonisch zu sein", fragte sie.

„Sina ist immer in Schutz genommen worden. Sie ist ohne Vater aufgewachsen. Meine Mutter behauptet, dass der reich wäre und ein hohes Tier in der Loge. Er war verheiratet und hat meine Mutter sitzen lassen. Aber ehrlich, ob das stimmt, … Jedenfalls hat sie dann meinen Vater kennen gelernt und wir waren endlich eine Familie. Mein Vater kommt aus Burundi, daher mein französischer Name. Übersetzt heißt er Die Sanfte. Auch das wurmt Sina schon. Sie ist immer eifersüchtig und gönnt mir nix. Deswegen erfindet sie auch Stories."

„Berni Theling. Woher kannten Sie ihn?"

„Er hatte Bücher in der Buchhandlung am Dom gekauft, und ich habe kassiert. Und am liebsten hätte ich ihn auch gleich einkassiert. Wir haben uns ein paarmal dann doch auf 'n Kaffee getroffen. Bis er Sina kennen gelernt hat. Und Zauber, Zauber, weggezaubert."

„Das hat Sie doch bestimmt wütend gemacht."

„Ja. Aber dann hätte ich Sina umbringen müssen, falls

Sie darauf hinaus wollen."

„Sie haben sich auch um die Uhus in St. Katharinen gekümmert?"

„Zuerst haben die ja noch im Kreuzgang im Dom gewohnt. Ich bin oft in der Mittagspause dorthin, weil es dort so herrlich ruhig ist. Außer, wenn die Uhus Nachwuchs haben. Dann stehen da die ganzen Voyeure mit ihren Kameras. Dort bin ich auch Bernhard Theling begegnet. Er hat mich angesprochen, ob ich sein Projekt unterstützen möchte. Natürlich wollte ich. Immer in der Buchhaltung, das ist nix für mich. Über ein Fernstudium mache ich gerade mein Abi nach und möchte dann gerne Jura studieren."

VII

Für den Nachmittag war die nächste Teamsitzung anberaumt. Freese machte sich bereits daran, Fotos der ihm wichtig erscheinenden Personen an die große Plexisglasscheibe zu kleben. Er war das kleine Whiteboard leid, brauchte Platz und so hatte er für diesen Fall auf eine überdimensionale Fläche bestanden, die man ohne Gewissensbisse vollschmieren und durch ein Leichtes wieder sauberkriegen konnte.

„Hast du nix Besseres zu tun?", frotzelte Mönning.

„Ehrlich gesagt nicht, Jasmina ist so viel schneller am PC und ich habe mich schon immer für ein Genie gehalten. Jetzt mache ich nur noch die einfachen Aufgaben wie Kaffee kochen und Bilder aufhängen."

Inzwischen füllte sich der Raum. Selbst Pfeifer gab sich die Ehre und hatte Staatsanwalt Cassens online dazu geschaltet.

„Lassen Sie uns starten, ich …“, eröffnete er die Sitzung.

Freese startete: „Hörschemeyer hat den Bericht der Obduktion geschickt und legt Tod durch äußere Gewalteinwirkung fest. Theling wurde ‚gestürzt‘. Notwehr schließt er weitestgehend aus, da der Täter oder die Täterin hinter dem Opfer gestanden haben muss und keine Abwehrmerkmale an Theling zu finden waren. Sicher ist er sich auch, dass der Tote an dem Abend davor noch Geschlechtsverkehr hatte.“

„Wie kann man das denn bei Männern nachweisen? Ich dachte, das geht nur bei Frauen“, Jasmina blickte verdutzt in die Runde. Sie war allerdings nicht die Einzige, die so dachte.

„Zum einen können noch Spuren von Sperma in der Vorhaut festgestellt werden, was aber auch bedeuten könnte, dass er sich einen runtergeholt hat. Es müssen also Spuren von Scheidensekret auf seinem Penis gefunden worden sein“, erklärte Mönning.

„Alle Achtung, Mönning“, lobte sein Chef.

„Sonderausbildung in der Pathologie bei Vitalij“, versuchte Mönning es herunterzuspielen, „Vitalij Hörschemeyer.“

Pfeifer war über das Zusatzwissen seines Untergebenen positiv überrascht und lächelte ihm zu.

Sex - Sina fragen, notierte sich Kramer.

„Die SpuSi hat sich diese Nische im Treppenaufgang noch einmal genau angesehen und möchte nicht ausschließen, dass sich eine Person dort versteckt hielt. Sie hat Schuhabdrücke sichergestellt, aber die können von jedem kommen, der mal im Turm war, also von allen Uhu-Bewachern. Eine Liste dazu fehlt noch."

Mitarbeiter*innen-Liste – Theling fragen, notierte Kramer weiter.

„Jasmina hat alle social medias durch, aber über Theling nix gefunden. Als werdender Lehrer hat er sich wohl nicht outen wollen. Hingegen überflutet Sina von Güllich alle Kanäle. Besonders bei tictoc gibt es unzählige Videos über ihre Ausgrabungen, über Hexenverbrennungen, über Uhus und Turmfalken, sogar über Sommerasyl von Zimmerpflanzen in der Katharinenkirche."

„Bitte, was?", hakte Kramer nach.

„Richtig gehört", erklärte nun Jasmina, „Leute, die in den Sommerferien in den Urlaub fahren und niemand zum Gießen ihrer Pflanzen haben, können diese in der Kirche abgeben. Und Jasmina kümmert sich dann um deren Pflege."

„Und was kostet das?", fragte Behringer interessiert.

„Nix, Näxtenliebe", sagte Jasmina.

„Dann bringe ich demnäxt meine Kinder dorthin, Kinderasyl", beschloss Freese.

„Sie kümmert sich aber auch um Geflüchtete, engagiert sich bei Exil e.V., besonders wenn es um Abschiebungen geht, dann hilft sie den Familien durch das Kirchenasyl", fuhr Jasmina fort. „In einem Video bittet sie um Mithilfe und Spenden, Sachspenden, Lebensmittelspenden."

Asyl - Küster fragen, notierte Kramer.

Pfeifer wirkte heute sehr aufmerksam und für seine Verhältnisse aufgeräumt. Er hoffte, dass dieses sein letzter Fall würde. Der Ruhestand nahte. Er schien diesen Fall fast zu genießen.

„Kramer, was sagt denn das Bauchgefühl Ihrer Freundin?", fragte er.

Johnny zuckte zusammen und sah von ihrem Notizblock hoch.

„Sie … sie weiß von dem Unfall wohl nur aus der NOZ, denke ich."

Pfeifer grinste freundlich.

„Sie dürfen keine internen Fakten nach außen dringen lassen. Aber bis jetzt hatte Ihre Freundin oft ein sicheres Bauchgefühl. Besuchen Sie sie doch mal wieder."

„Werde ich. Am besten heute Abend."

„Sie hat bestimmt noch Prosecco im Kühlschrank."

Pfeifer war besser informiert, als sie dachte.

VIII

Nachdem der Schreibkram erledigt war, schickte Kramer ihrer Freundin nur noch eine schnelle Whatsapp „Bin gleich da" und erhielt einen Kussmund zurück.

Joshua schaute im Wohnzimmer mit seinem Bruder Fußball, so dass ich im Wintergarten bereits alles bereitgestellt hatte. „Alles" beinhaltete drei Gläser und einen Sektkühler mit einer Flasche Prosecco. Eigentlich wollte ich Johnny gerne von meiner nächsten Ausstellung in diesen Räumen erzählen, aber sie platzte gleich mit Pfeifers Vorstoß heraus.

„Stopp! Warte, bis Mia auch da ist."

Als sei sie gebeamt, stand sie im Wintergarten.

„Du kommst voran mit diesen Räumen, die erste Vernissage kann kommen", staunte sie.

Ich goss unsere Gläser voll und Johnny konnte endlich

starten.

„Also, Pfeifer hat mich nach dem Bauchgefühl meiner Freundin gefragt. Natürlich darf ich nix sagen, aber er weiß, dass wir durch einen Geheimcode kommunizieren. Berni als Unfallopfer darf ich nennen, wobei es kein Unfall mehr ist."

„Uwe spricht auch schon von einem neuen Mordfall", schaltete sich Mia dazwischen, „also gehen wir mal von Berni aus … ohne es natürlich zu wissen."

„Seine Freundin nennen wir fortan nach einer Heilpflanze, Anis, halt spiegelverkehrt. Sie hat auf alle Fälle etwas sich Kümmerndes an sich. Ihre Schwester nennen wir die Sanfte, ist die Übersetzung ihres Namens. Sie sind Halbschwestern, unterschiedliche Väter. Die Sanfte hatte es zuerst auf Berni abgesehen, bis Anis kam … Sie arbeitet übrigens in derselben Buchhandlung wie Engels. Hast du ihn kennengelernt?"

„Etwas kauzig, aber sehr hilfsbereit", stufte ich ihn ein und erzählte vom Erlebnis des Verlorenen Schafs, das er den Mädels von Freese vorgelesen hatte. „Er will mir noch eine Bibel zurücklegen. Also, ich gehe demnächst noch einmal hin."

„Sehr gut. Mom ist ziemlich schräg, vielleicht auch nur einsam. Als sie sich neulich abfüllen wollte, hat Uwe sie mit Tee besänftigt."

„Das schafft er bei mir nicht", lachte Mia und verwies auf ihr leeres Glas. Ich schenkte nach.

„Dad ist Prof für heimische Vögel und vermutlich verheiratet mit seiner Arbeit. Er betreut das Uhu-Projekt in St. Katharinen. Darüber will unsere Praktikantin noch mehr herausfinden."

„Uhu-Projekt? Was wollt ihr wissen?" Mein Neffe Benny stand in der Tür.

„Benjamin, du hier?", grüßte Johnny ihn.

Benjamin war manchmal eine Plage, Mr. Schlaumeier und Besserwisser. Andererseits für einen 11jährigen ziemlich pfiffig, schlagfertig und belesen.

„Sein Vater guckt mit seinem Bruder Fußball", erklärte ich.

„Und du interessierst dich nicht für Fußball? Wie schade", versuchte Johnny ihn zu verscheuchen.

„Ich interessiere mich für ungelöste Fragen wunderhübscher Frauen", schmeichelte er.

„Wir haben aber gar keine Frage gestellt", versuchte Johnny es weiter.

Aber Benny war zäh, weitaus zäher als Leder. Nun holte er eine gekühlte Flasche Prosecco hinter seinem Rücken hervor und tauschte sie gegen die leere im Kühler aus. Mit einer Cola in der anderen Hand hockte er sich auf die Fensterbank. Er blieb. Da war nix zu machen. Und da er nun höher als wir saß, schaltete er auch gleich auf Professorvortrag.

„Meine Damen. Es ist völlig unüblich, dass wir in St. Katharinen Uhus haben. Denn dort leben eigentlich die Turmfalken. Sie brüten jedes Jahr oben im Kirchturm. Seltsamerweise haben nun auch diese ihr Zuhause gewechselt. Der Turm wird nun von Wanderfalken bewohnt. Zwei Jungtiere sind bereits geschlüpft. Wusstet ihr, dass Wanderfalken zu den schnellsten Tieren der Welt gehören?"

„Nee", gab Mia zu, „und woher weißt du das schon wieder alles?"

„Ich engagiere mich bei NaBu und außerdem gab es einen Bericht über die Jungvögel in der Zeitung. Wer lesen kann, ist klar im Vorteil."

„Haha", frotzelte ich, „danke für deine Infos!"

„Ich bin doch noch nicht fertig. Soll ich erst nachschenken?"

Wir hielten ihm unsere Gläser entgegen, nach dem Motto: Man kann auch ohne Alkohol Spaß haben, aber wir gehen lieber auf Nummer sicher … zumindest bei Bennys Vorträgen.

„Die Uhus hingegen wohnen nicht im Turm so weit oben, sondern sozusagen in der ersten Etage. Deswegen gibt es vermutlich keine Konflikte mit den Falken."

„Die leben also in einer Art Hausgemeinschaft", versuchte Johnny zu verstehen.

„Sagen wir eher, sie fliegen so aneinander vorbei, respektieren sich aber", erklärte Benny.

„Ich verstehe nicht, warum für den Theling die Uhus so wichtig sind", dachte die Kommissarin laut.

„Guter Einwand", kommentierte Benny, „denn eigentlich sind die Wanderfalken sehr selten und gehören zu den gefährdeten Arten. Uhus haben wenig Feinde und kommen überwiegend durch die Monstermasten ums Leben, also durch Strommasten. Aber ich spreche gerne mit Herrn Theling und finde es für euch raus."

„Besten Dank, Benny, das mache ich schon selbst. Aber du warst uns eine riesengroße Stütze", versuchte Johnny sich zu bedanken.

„Ich wusste ja, dass ihr gehbehindert seid. Könnte aber auch am Prosecco liegen", lachte er, „ruft mich, wenn ihr wieder eine Stütze braucht."

„Unterstützung", rief Mia ihm noch nach.

Wir grübelten noch ein wenig, welche Zusammenhänge es zwischen Wanderfalken und Uhus geben könnte, vertagten dann aber die Lösung auf den folgenden Abend.

IX

Ich träumte von Fledermäusen und Eulen, die durch mein Schlafzimmer flogen. Chilly und Pepermint jagten sie zwar, doch entkam das Flattervieh immer wieder. Schweißgebadet stand ich auf. Joshua neben mir schnarchte, dass es sich eher nach einer Horde wilder Bisons anhörte, die durch die Prärie floh. Meine beiden Kätzchen fand ich in der Küche, wie sie die Reste Sheba schlabberten. Ich holte mir eine Flasche Mineralwasser aus dem Kühlschrank und setzte mich in den Wintergarten. Die ersten Tagesstrahlen bahnten sich einen Weg durch die Dunkelheit. Eigentlich noch viel zu früh zum Aufstehen. Ich betrachtete die provisorischen Photos, die exemplarisch für meine erste Ausstellung in diesem Raum an den Wänden hingen. Gerade jetzt im Morgenlicht wirkten sie besonders mystisch. Vielleicht sollte ich die Vernissage in den Morgenstunden machen, das wäre mal was ganz anderes. Aber vermutlich war Osnabrooklyn dafür zu verschlafen.

Ich öffnete mein I-pad und gab „Uhus Osnabrück" ein. Als erstes stieß ich in einem Artikel der NOZ von 2014 darauf, dass die Küster des Doms die Uhus nicht von ihrem Nistplatz verscheucht hätten, sie seien nicht schuld. Danach entdeckte ich auf eine Naturschutz-Info-Zeitschrift über Bruchlandungen und Findelkinder bei Uhus.

Ich setzte ein Lesezeichen, um es später ausführlich zu lesen. Die Jägerschaft Osnabrück schrieb nur allgemein über Artenschutz und dass 2023 das Braunkehlchen zum Vogel des Jahres gekürt worden war. Das musste ich unbedingt Benny demnäxt unter die Nase reiben. Im näxten Artikel fand ich, wie Uhus in Freren das Krähenproblem der Gemeinde gelöst hatten. Die Krähen hatten alles vollgeschissen, worüber sich die Kirchgänger ärgerten. Per Zufall zogen Uhus in den Kirchturm und bedienten sich wohl an den Kräheneiern und Jungvögeln. Zack, Krähen weg. Wenn das Hitchcock gewusst hätte. Auch diese Info wollte ich Benny unbedingt berichten und setzte das näxte Lesezeichen. Schließlich gelangte ich zu Uhu Alleskleber.

Chilly strich mir um die Beine, und ich spürte plötzlich, wie schwer die wurden. Auch die Augenlider. Ich musste zurück ins Bett. Erst da nahm ich wirklich wahr, dass Joshua dort lag. Wie war er nach oben ins Schlafzimmer gekommen? Er hatte sich doch jetzt mit seinem Schlafplatz im Wohnzimmer arrangiert. Vor allem blieb die Frage, wie er am Morgen wieder runterkäme. Doch bevor die Antwort … war ich bereits wieder eingeschlafen.

X

„Herr Hajo Schäfer wartet im Gesprächszimmer", begrüßte Jasmina van Hooge Hauptkommissarin Johnny Kramer.

„Wer?", fragte Kramer.

„Der Küster von St. Katharinen."

„Stimmt. Wo?"

„Vernehmungsraum. Aber ich finde den Ausdruck echt unpassend. Es geht doch um ein informelles Gespräch."

„Ist was dran. Jasmina, willst du das Gespräch führen?"

Van Hooge wurde kurz unsicher, schnappte sich dann aber ihr I-Pad und ging selbstsicher in den Gesprächsraum. Kramer folgte ihr. Van Hooge stellte sich kurz vor und bedankte sich, dass Herr Schäfer zu ihnen ins Präsidium gekommen war. Kramer scannte in Gedanken sein Äußeres: freundliches Lächeln, etwa Ende 50, schütteres Haar, was ihn insgesamt attraktiver machte. Für das Protokoll sollte er noch einmal genau beschreiben, wann und wie er die Leiche gefunden hatte.

„Ich arbeite seit gut 5 Jahren als Küster in St. Katharinen. Jeden Morgen mache ich meinen Rundgang durch die Kirche, schaue, ob alles in Ordnung ist. Meist schließe ich auch die Tür zum Turm auf und höre, ob Herr Theling da ist, also der Professor. Manchmal halten wir einen kurzen Schnack und manchmal hält er mich auf dem Laufenden, dass die Uhus noch brüten. Er will darüber, soweit ich verstanden habe, einen umfangreichen Forschungsartikel schreiben. Jedenfalls lag da der junge Theling. Ich hatte noch schnell geschaut, ob sein Puls noch tut, und dann die Polizei informiert."

„Hat Herr Theling auch einen Schlüssel zum Kircheninnenraum? Oder kann er nur von außen in den Turm gelangen?"

„Das war anfangs ein bisschen schwierig, denn es bekommt ja nicht jeder einen Schlüssel. Wir konnten uns dann in Absprache mit den beiden Pastoren darauf einigen, dass Herr Theling für den Turm zwei Schlüssel bekommt. Einen hat er, einen sein Sohn. In die Kirche kommt er damit nicht."

„Kannten Sie den jungen Theling auch?"

„Naja, kennen ist zu viel gesagt. Wir haben uns hin und wieder gesehen. Wenn Sina Klavier gespielt hat, saß er manchmal in der Kirchenbank und hat zugehört."

„Sina von Gülich ist ein gutes Stichwort. Was können Sie zu ihr sagen?"

„Es ist meine persönliche Meinung, aber Sina ist ein herzensguter Mensch. Sie ist nicht gläubig, nicht in unserem christlichen Sinne. Aber sie versteht etwas von Nächstenliebe. Sie ist voller Flausen und Ideen und schießt auch schon mal übers Ziel hinaus. Aber genau genommen belebt sie unsere Kirche. Unsere Diakonin kann da noch viel mehr aus dem Nähkästchen plaudern."

„Gute Idee, wir werden mit ihr sprechen. Wie schätzen Sie das Verhältnis vom jungen Theling und Sina ein?"

„Nun, was wollen Sie hören? Ich bin kein Liebesexperte. Sie waren ein Paar, auf Augenhöhe, würde ich vermuten. Aber auch da ist unsere Diakonin tiefer involviert, sie ist dichter an den Sorgen und Bedürfnissen unserer Gemeindemitglieder dran."

„Gehört denn der junge Theling zu Ihrer Gemeinde?"

„Jein, offiziell wohl zu St. Marien. Aber so eng ziehen wir die Grenze nicht. Er gehört aber zur evangelischen Gemeinde, er studiert ja auch evangelische Religion auf Lehramt, soviel ich weiß. Aber als Kirchgänger würde ich ihn eher nicht bezeichnen."

„Und der Vater?"

„Der hört der Andacht höchstens aus dem Turm zu."

„Wissen Sie von Streitereien, in die Berni Theling verwickelt war? Oder von Feinden?"

„Nee, da kann ich Ihnen wirklich nicht weiterhelfen. Aber wenn mir noch etwas einfällt, melde ich mich."
Nachdem sich van Hooge für das informative Gespräch bedankt und der Küster das Protokoll unterschrieben hatte, war Hajo Schäfer entlassen.

„Du hast das Gespräch sehr souverän geführt", lobte Kramer ihre junge Kollegin, „du bist in unserem Team goldrichtig."
Sie hatte das Lob noch nicht beendet, da wirbelte van Hooge schon wieder an ihrem Computer herum. Kramer ließ sich erst einmal auf ihren Stuhl fallen.

„Du siehst aus, als könntest du einen Kaffee brauchen."
Mönning lugte in Kramers Büro und hielt eine Tasse in die Höhe.

„Oh ja, sehr gerne", erwiderte sie.

„Gut, dann Puschen an."

„Was?" Sie begriff nicht.

„Wir trinken außerhäusig."

XI

Wenig später saßen sie im Café am Rubbenbruchsee unter einem großen Sonnenschirm. Der Wind wehte leicht über das Wasser. Enten glitten im Fahrwasser des Windes und ein paar freche Spatzen warteten neben dem Tisch auf Kuchenkrümel.

„Da sind zwei Schwäne auf dem See, die sind neu", bemerkte Kramer.

„Stimmt!", bestätigte die Bedienung, als sie die Bestellung aufnehmen wollte.

„Immigriert?", lachte Mönning die dunkelhäutige Bedienung an.

„Ich?", sprach die erschrocken.

„Oh Verzeihung, ich meinte die Schwäne", entschuldigte sich Mönning.

„Dann ist's ja gut. Ich bin in Osnabrück geboren", erklärte die junge Frau. „Die Schwäne sind tatsächlich erst ein paar Tage hier. Ich glaube ja, dass mein Chef sie hier angesiedelt hat, weil sie super in das Bild passen."

„Ich liebe Schwäne, sie strahlen so etwas Ruhiges und Majestätisches aus", schwärmte Kramer und konnte ihren Blick kaum von dem seichten Dahinschweben der beiden Vögel lassen.

Kurz darauf wurden Kaffee und ein kleines Frühstück für beide Polizisten serviert. Kramer schaute noch immer auf die Schwäne.

„Schwäne haben auch noch den Vorteil, dass sie permanent Faulschlamm aufnehmen und damit das Wasser säubern. Und dabei wühlen sie den Boden auf, Wasserinsekten werden freigelegt und haps von anderen Wasservögeln gefressen", referierte Mönning.

„Danke, Uwe, für diese romantischen Infos", dabei biss Kramer dann doch genüsslich ins Croissant.

„Du hast ‚Uwe' gesagt", bemerkte er.

„Ja, du bist ja auch nur noch ein halber Kotzbrocken. Es ist produktiv, mit dir zusammenzuarbeiten. Aber etwas mehr Sinn für Gefühlstiefe darf es sein."

„Etwas Schmalz zum Croissant?"

„Blödmann", lachte sie.

„Schön, wenn du mal wieder lachst."

„Und was machen wir hier?"

„Energie tanken. Nach dem petit dejeuner ziehst du dir Laufklamotten an. Ich habe deine Laufschuhe, ein frisches T-Shirt zum Durchschwitzen und eine Sporthose von Mia dabei. Die wird dir allerdings etwas zu kurz sein. Dann läufst du einmal um den See und lässt dir dein Hirn frei pusten. Bei der zweiten Runde denkst du über Theling, seine Frauen und Uhus nach. Puzzle es zusammen. Geduscht wird auf dem Rückweg. Ich trinke währenddessen noch einen Kaffee und telefoniere etwas rum. Hier habe ich sogar WLan und kann unbegrenzt recherchieren. Lass dir also so viel Zeit, wie du brauchst."

Kramer war geflasht vom neuen Mönning, er hatte wirklich an alles gedacht. Seit ihrer Abtreibung war sie nur ein einziges Mal um den See gelaufen. Stattdessen hatte sich lieber aufgewühlt aufs Sofa gelegt und irgendeinen Schwachsinn in der Glotze geschaut, um sich abzulenken. Oder sie hatte sich bei ihrer Freundin Lisa zum Essen eingeladen und den Prosecco sprudeln lassen. Bloß nicht nachdenken, ob es die richtige Entscheidung war. Dabei war sie sich sicher, dass es genau richtig war. Sie wäre in Vilnius niemals glücklich geworden. Und ein Kind alleine großziehen, konnte sie sich absolut nicht vorstellen. Überhaupt passte ein Kind nicht zu ihr. Es passte zu Lisa und Mia, aber nicht zu ihr. Aleksander passte zu ihr, aber nicht in der Fremde. Ihre Heimat war hier. Wie schwierig musste es Menschen ergehen, die unfreiwillig ihr Zuhause verlassen mussten. Und woanders waren die meisten nicht willkommen. Ihr neues Zuhause war nur das kleinere Übel. Ob die Schwäne sich hier wohl fühlten? Wie ging es den Uhus im Kirchturm? Ja, die hatten sich ihr neues Zuhause selbst gewählt, aber mit Falken als Nachbarn? War das im Einklang? Das musste sie unbedingt herausfinden. Sie stoppte und holte das zerknitterte Schmierblatt mit all ihren Fragen aus der Handytasche und notierte sich ‚Nachbar Falken‘. Fix waren ihre Gedanken wieder bei ihrem Baby. Was es wohl geworden wäre. Ein Junge? Ein Mädchen? Und wie es wohl ausgesehen hätte. Plötzlich wurde ihr doch ganz warm ums Herz. Wenn es erst einmal da gewesen wäre, … hätte sie ihren Job nicht mehr 150%ig leben können. Sie war Polizistin, nicht Mutter. Aber derzeit lief sie nicht mal 90%ig in der Spur. Also, Gas geben. Sie hatte die erste Runde fast geschafft. Frische Energie verspürte sie noch nicht, eher Seitenstiche. Aber Mönning hatte sie für zwei Runden losgeschickt. Sie wollte nun nicht auch ihn enttäuschen und lief weiter, am Café vorbei. Mönning saß an seinem I-Pad und tippte irgendetwas. Nebenbei hielt er sein Handy ans Ohr und telefonierte. Entweder recherchierte er tatsächlich oder kaufte bei amazon Hochzeitsgeschenke für Mia. Ihre Gedanken schweiften schon wieder ab. Zu Mia passte eine große Hochzeit in weiß vollkommen, für sie selbst wäre eine solche Bindung doch eigentlich Folter. So eine enge Bindung war nix für sie. Und Schwäne blieben sich ein Leben lang treu. Wie machten die das bloß? Selbst schwule Schwäne blieben ewig zusammen und zogen sogar gemeinsam Küken groß. Vielleicht würde sie in ihrem näxten Leben gerne Schwan. Bei diesem absurden Gedanken schmunzelte sie in sich hinein und widmete ihre Gedanken wieder ihrem Fall. Wie war es mit Thelings? Zusammen, aber nicht glücklich, kein wirkliches Schwanenpaar. Wie stand es um Berni und Sina? Glücklich, aber für ein ganzes Leben? Wie fühlte sich wohl Leanette?

Einsam und allein? Oder hatte sie einen Partner oder eine Partnerin? Sie war in Berni verliebt gewesen, aber er nicht in sie. Teufelskreislauf. Mia liebte Mönning und er sie – Schwäne. Lisa liebte Joshua irgendwie und er sie, aber sie kamen nicht zum Eier legen. Ihre Freundin Lisa träumte von einer glanzvollen Hochzeit, Joshua vom Fußballplatz. Ihm reichten seine drei Neffen ab und zu.

Bei all dem Abwägen von Schwan-Beziehungen fand sie endlich in einen passablen Laufrhythmus hinein. Die Seitenstiche verschwanden, ihre Atmung wurde gleichmäßig und ruhig. Und plötzlich fühlte es sich nach Auftanken an. Wieder zu sich finden.

Kurz überlegte sie, ob sie noch eine dritte Runde laufen sollte, entschied sich aber dagegen. Langsam wieder starten. Außerdem gab es genug Arbeit. Ihr Kopf war ja jetzt schon voller Fragezeichen.

Mönning hatte ihr bereits ein stilles schweigendes Wasser bestellt, das ihr guttat.

„Ich habe eben mit Kollege Rickham gesprochen", berichtete er. „Der Fisch und alles andere nockt ihn länger aus. Er braucht eine Auszeit. Seine Frau hat ihn verlassen, ist mit einem Norweger durchgebrannt. Er sitzt mit den Mädels nun allein in seinem Einfamilienhaus in Hellern und muss alles managen. Für unseren Schweden ist Takatuka zusammengebrochen."

„Das ist jetzt aber nicht nett."

„Das Leben ist nicht nett, es ist oft ungerecht. Guck dich doch an. Du wirst mit der Liebe deines Lebens in Vilnius nicht glücklich. Und er ist in Osnabrück unglücklich. Ist das gerecht? Aber du darfst bei meiner Hochzeit Blumenmädchen oder Brautjungfer sein."

„Vielleicht entführe ich lieber die Braut, damit sie nicht ‚ja‘ sagen kann und errette sie dadurch."

„Ich habe dich gerade gerettet, oder?"

„Stimmt. Ich stehe derzeit oft kurz vor dem Loch und drohe hineinzufallen."

„Aber du bist zweimal drumzu gelaufen."

„Das hast du gesehen?"

„Natürlich."

„Danke."

XII

Nach der Dusche im Präsidium fühlte sich Kramer zehn Jahre jünger und bereit, sich voll und ganz dem Fall Theling hinzugeben.

Freese hatte inzwischen einen guten Bekannten des Verstorbenen aus den Emails isoliert, der Theling vorgeschlagen hatte, mit in seine WG zu ziehen. Ein Besuch vor Ort wäre klug. Aber zunächst hatte van Hooge noch ein Treffen mit der Diakonin von St. Katharinen organisiert.

Mönning wollte sich gerne noch zu einem online-meeting mit Forensiker Hörschemeyer treffen. Das passte Kramer gut, so konnte sie die Kompetenzen von ihrer jungen Kollegin weiter ausbauen. Die fühlte sich sehr geehrt, dass sie nun wieder ein Gespräch führen durfte.

Die Diakonin Charlotte Althaus empfing die beiden Polizistinnen mit offenen Armen, Kaffee und Apfelkuchen im Gemeidehaus. Es lag gegenüber der Kirche, durch ein großes Eisentor ein wenig geschützt. An einen alten Teil war ein moderner Glasbau angesetzt, der Gemeindesaal. Er war lichtdurchflutet und dadurch sehr einladend. Althaus ging jedoch in die erste Etage voraus, wo ein Besprechungsraum war. Seine großen Fenster ließen den Blick auf die Kirche frei.

„Bedienen Sie sich!", lud Althaus sie ein. Kramer schätzte sie auf Anfang 50, dem Umstand ihres leichten Grauansatzes geschuldet. Ihre Grübchen in den Wangen verliehen ihr etwas Verschmitztes, aber auch Offenes. Kramer musste an Mönning denken, der hier eine herzliche Gastfreundschaft verpasste.

„Wenn ich Hajo richtig verstanden habe, dann möchten Sie alles über Sina und Berni erfahren. Dann werde ich erzählen und Sie können den Kuchen genießen. Allerdings ist alles, was ich Ihnen berichte, meine persönliche Wahrnehmung."

„Und die soll sehr gut sein", schmeichelte van Hooge.

„Im Laufe der Jahre und Gespräche eignet man sich eine gewisse Menschenkenntnis an. Wohl wahr. Zu Berni, ich kenne ihn nur flüchtig. Wenn er sowieso im Gebäude war, kam er gelegentlich auch in die Kirche. Er lauschte sehr gerne dem Klavierspiel von Sina. Sie spielt wirklich ausgezeichnet. Außerdem wollte er alles über die Kirchengeschichte und gotische Baugeschichte unserer Kirche wissen. Er überlegte sogar, darüber seine Magisterarbeit zu schreiben. Sina ist mir wesentlich näher ans Herz gewachsen. Sie kommt schon länger in unsere Kirche. Die ist ja täglich von 13 bis 17 Uhr geöffnet. Sie hält sich hier oft auf, unterhält die ehrenamtlichen Aufsichten durch kleine Anekdoten ihrer Kindheit oder das Klavierspiel. Sie weiß, wo der Schlüssel zum Flügel versteckt liegt. Wenn Not an der Frau ist, greift sie auch mal in der Sakristei ein, passt auf die Konfirmationskinder auf, diskutiert mit ihnen über Nachhaltigkeit und Umweltschutz. Erst neulich hat sie mit einigen vom KU 8, das sind die Achtklässler über Fridays for future und die Klimaaktivisten, die sich auf Landebahnen festkleben, debattiert. Sie findet das Festkleben oder mit Farbe bespritzen von Gemälden auch idiotisch, aber anders wird niemand auf die Problematik aufmerksam. Man muss die Menschen in ihrem Inneren treffen, sonst ändert sich nie etwas. Und Sina schießt auch oft übers Ziel hinaus. Aber damit bewirkt sie etwas in der Gemeinde. Unser Durchschnittsalter ist ja auch schon eher der gehobenen Klasse. Viele sehen die Probleme gar nicht mehr oder finden sie als nicht so gravierend. Aber Sina sagt, die leben ja auch nur noch 20 Jahre auf dieser Welt, sie hoffentlich noch 100. Und so krempelt sie hier fleißig um. Ihre Blumen-Ferien-Aktion ist da nur ein harmloses Beispiel. Plötzlich war in den Osterferien hier alles voller Blumen, als die Leute in den Urlaub fuhren. Sina hat sie jeden Tag zuverlässig gegossen. Und schön sah es auch noch aus. In den Sommerferien weiten wir das aus, so gut ist es angenommen worden. Bei Asyl für Katzen und Hunde haben unsere Pastore aber ein P davor gesetzt."

„Was ist mit den Anekdoten aus Sinas Kindheit?"

„Nehmen Sie sich Kaffee. Es gibt zu viele Anekdoten. Zuerst einmal behauptet Sina ja felsenfest, dass ihre Urahnin als Hexe hingerichtet wurde. Wären die Menschen im Glauben nur halb so stark wie Sina, dann würden die Kirchen wieder überquellen. Für Sina ist das eine Erklärung ihrer roten Haarpracht. Als Kind fand sie es vermutlich nicht so witzig, gemobbt zu werden. Aber vielleicht stimmt die Geschichte ja auch. Akribisch sucht Sina alle

Ausgrabungen um die Kirche ab, um irgendein Indiz für ihre Behauptung zu finden. Aber nur durch sie haben wir einen unterirdischen Gang gefunden. Vermutlich ging er mal von der Sakristei bis hier ins Gemeindehaus. Sina hat so lange auf mich eingeredet, bis ich mit ihr in den Keller gegangen bin. Dort lässt sich an der gewölbten Form der Außenwände Richtung Kirche tatsächlich vermuten, dass es einen Geheimgang gab. Auch als vor einigen Jahren die Leitungen neu verlegt wurden, wurde ja die ganze Straße hier aufgerissen. Auch dabei ergab sich die Vermutung eines unterirdischen Ganges. In unseren Chroniken ist allerdings nichts verzeichnet. Aber geheim ist geheim. Sina ist sogar so weit gegangen, dass sie glaubt, der Geheimgang zweigt noch zu den Freimaurern ab. Die Loge ist ja gleich hier nebenan im Lorzinghaus. Da es die Loge in Osnabrück aber erst seit 1807 gibt, passt es gar nicht zur Hexenverfolgung oder überhaupt zu Geheimtreffen. Zudem war die Loge zunächst an der Rolandsmauer und bezog ihr Quartier in der Katharinenstraße erst 1954. Jedoch ist Sina da ganz groß im Zusammenfügen. Nach ihr gibt es Verschwörungen zwischen Kirche, Loge und allem Möglichen."

„Wobei die Freimaurer ja für Toleranz, Freiheit und Humanität einstehen, gute Werte", unterbrach van Hooge.

„Nächstenliebe ohne Jesus, in der Tat. Wir haben auch ein herzliches Nachbarschaftsverhältnis, nicht zuletzt, weil Sina sich auch da eingebracht hat."

„Eingemischt?"

„So kann man es auch bezeichnen. Sie behauptet auch, dass ihr Vater ein hohes Tier in der Loge sei. Laut ihrer

Schwester ist das Traumdenken."

„Leanette Gülich."

„Genau. Die beiden sind wie Feuer und Wasser. Aber ich kann nicht mal sagen, welche welches Element verkörpert. Beide sind auf die andere leider eifersüchtig, versuchen sich zu übertrumpfen, halten dann aber wieder zusammen wie Pech und Schwefel."

„Das klingt kompliziert."

„Sina spielt wundervoll Klavier, Leanette spielt Geige und nimmt Orgelunterricht. Leanette hat schon länger den Professor mit seinen Uhus unterstützt, Sina schnappt sich gleich den Sohn samt Uhus. Leanettes Vater kümmert sich wohl sehr intensiv um die beiden Mädchen, Sinas Vater ist unbekannt. Sie sind dauernd Konkurrentinnen. Wenn es aber um ein Konzert mit Geige und Klavier geht, sind sie ein Dreamteam."

„Und der Herr Professor?"

„Zerstreut. Ich befürchte, er ist mit den Uhus verheiratet. Aber das ist nur so ein Gefühl. Frau Theling bin ich noch nie begegnet, aber es soll sie geben."

„Oh ja", bestätigte Kramer, „aber die Anekdoten darf ich aus ermittlungstechnischen Gründen nicht preisgeben. Kennen Sie einen Herrn Michael Engels?"

„Nein, der ist mir nicht bekannt, zumindest nicht vom Namen."

„Er gehört auch zur anderen Fraktion."
Althaus schaute Kramer fragend an.

„Katholisch", erklärte sie.

„Wir arbeiten kooperativ mit St. Johann zusammen", erklärte die Diakonin, „dennoch ist mir ein Herrn Engels noch nicht vorgestellt worden."

„Dom."

„Ah, wie die Uhus. Dann besteht ja die große Chance, dass er auch mal in unsere Kirche kommt", scherzte Althaus.

„Eine letzte Frage für heute: Wissen Sie von Feinden, die Berni gehabt hat?"

„Nein, ein friedfertiger Junge. Ist er nicht vielleicht doch nur ausgerutscht?"

„Unser Forensiker ist leider zu einem anderen Ergebnis gekommen."

XIII

Mönning hatte inzwischen ausgiebig mit seinem ‚Aufschneider' gefachsimpelt. Hörschemeyer hatte ihm noch einmal ausführlichst die Fotos von den Hämatomen des Opfers gezeigt und erklärt, wie diese vermutlich zustande gekommen waren und was ihn zur Erkenntnis gebracht hatte, dass Theling gestoßen worden war. Sie gingen auch noch einmal die toxikologischen Untersuchungen durch, die nichts ergeben hatten. Auch litt das Opfer unter keiner nachweisbaren Krankheit, die ein Schwindelgefühl oder dergleichen vermuten ließ. Dennoch machte der Forensiker noch einmal auf die besonderen Kratzspuren aufmerksam, die frisch und präfinal waren. Mönning ließ sich genau erklären, wie sie post mortem ausgesehen hätten. Es ging ihm nicht nur um diesen Fall, sondern um sein forensisches Wissen.

Anschließend hatte er mit Staatsanwalt Cassens telefoniert und ihn über die neusten Erkenntnisse informiert, eigentlich über Nichts. Sie tappten völlig im Dunkeln. Er kam sich vor wie in dem Kirchturm, dunkel, einsam und immer im Kreis – und es kam kein Licht.

Als nächstes fuhr er zu Sam Grünberg. Der wohnte in der Wörthstraße in einer Vierer-WG. Ein Zimmer war gerade frei geworden und es war Sams Idee, dass sein Freund und Kommilitone dort einziehen könnte. Sam kannte Berni Theling aus der Oberstufe des Carolinums, sie hatten beide das Bio-Profil gewählt. Nun studierten sie zusammen Biologie auf Lehramt. Sie hatten zwar nicht sehr viele gemeinsame Seminare, dennoch regelmäßigen Kontakt, spätestens mittags in der Mensa. Berni hatte auch versucht, Sam für das Uhu-Projekt zu aktivieren, aber es passte aus verschiedenen Gründen nicht. Grünberg bedauerte sehr, dass das Zimmer nun an jemand anderen vermietet werden musste. Er meinte es nicht pietätlos, sondern hatte gehofft, dass Berni den Dreh kriegen könnte, sich endlich von seiner Helikoptermutter zu lösen und vielleicht auch von seiner Freundin. Grünberg empfand beide Beziehungen als toxisch. Die zu seiner Mutter sowieso, weil Bernis Mutter ihn ständig unter Druck setzte, beziehungsweise er sich unterdrücken ließ. Wie oft hatte er sich beklagt, dass sie sich in alles einmischen würde, ihn ständig kontrollieren würde, wann und wo er war, dass sie ihn unter Schmerzen bei seiner Freundin anrief, dass er schnell nach Hause kommen müsse. Mehr oder weniger lag sie immer im Sterben. Grünberg bezeichnete sie als sterbenden Schwan.

Sina hatte er auch kennen gelernt. Ein attraktives Mädel, aber zu sprunghaft. Sie wolle die Welt retten, stürzte seiner Meinung nach aber Berni damit ins Verderben. Er hatte wegen ihrer ganzen Hirngespinste kaum Zeit für sein Studium, vernachlässigte seine Freunde, also ihn. Noch dazu die Uhu-Forschung seines Vaters, wofür er aber immerhin finanziellen Ausgleich erhielt. In dieser WG wäre er zur Ruhe gekommen, hätte sich wieder auf seinen Master konzentrieren können, sie hätten gemeinsam gekocht, denn davon verstand Berni auch jede Menge und hätten gesellige Abende gehabt. Feinde? Nein. Berni hatte keine Feinde, dafür war er viel zu hilfsbereit und ließ sich von allen vereinnahmen.

Erst nachdem Mönning zu einem großen Kaffee mit Kramer und van Hooge über diesen Besuch berichtete, fiel ihm auf, dass er viele Fragen nicht gestellt hatte. Aber zu vieles drehte sich um Sina von Gülich und zu wenig um Berni Theling. Aber zum ersten Mal kamen ihm Zweifel an dieser so harmonischen Beziehung.

Er bat Freese, noch mehr über Grünberg herauszufinden. Irgendwie …

Van Hooge nahm den Faden gleich auf und bot sich an, ihn mal genaue unter die Lupe zu nehmen. Vielleicht war er ja selbst in Sina verliebt und eifersüchtig, vielleicht machte er sie deshalb madig. Alle beschlossen, bis zum nächsten Tag noch mehr über diesen jungen Studierenden in Erfahrung zu bringen. Van Hooge wollte sich dann mit ihm im Schlossgarten treffen, unverfänglich in seinem Revier.

Kramer staunte nicht schlecht, was diese junge Kollegin an Ideen auffuhr. Ganz offensichtlich arbeitete sie anders. Sie selbst schrieb noch den Bericht zu ihrem Gespräch mit der Diakonin zu Ende und entschied dann auf Feierabend, wenngleich es noch genug zu tun gab.

XIV

Ich hatte noch mal in meinen Photographien gestöbert und etliche von den Uhus im Dom-Kreuzgang gefunden. Mit Chillys Hilfe hatte ich sie ausgedruckt. Zuerst hatte ich Lust auf klassisches Vergrößern in der Dunkelkammer gehabt, doch lag Peppermint lang gestreckt vor der Tür und Chilly saß bereits abwartend neben dem Drucker. Sie liebte dieses säuselnde Geräusch, wenn der Drucker sich in Bewegung setzte.

Aus dem Wohnzimmer hörte ich Joshua wiederholt schimpfen, weil ihm die Fernbedingung aus der Hand gefallen war, dann hatte sein Handy keinen Strom mehr, als näxtes Hunger, aber nicht auf eine Schnitte, höchstens auf mich, alternativ auf Joghurt. Dann musste er seine Medis nehmen, aber die Wasserflasche war leer, außerdem juckte sein Bein. Zuletzt legte sich Pepermint auf seine Brust und schnurrte ihn in den Schlaf.

Ich konnte wieder arbeiten.

Chilly hatte geduldig auf dem Drucker gewartet. Ich nahm die Fotos aus der Ausgabe und pinnte sie an die Wand. Ein Foto hatte ich versehentlich doppelt gedruckt, zerknüllte es und warf es auf den Boden. Wie ein Blitz wurde es noch in der Luft gefangen und dann auf dem Boden zerfetzt.

„Ja, Uhus, so geht es euch, wenn ihr euch in unseren Garten traut", sagte ich zu mir. Oder zu Chilly. Oder zur Warnung Richtung Katharinenkirche. Dabei waren es eher die Falken, die sogar tags kreischend über unseren Garten kreisten. Die Uhus hatte ich hier noch nicht wahrgenommen. Aber sie flogen des Abends leise, nicht mit dem Spektakel der Falken. Ich begann, die Vögel miteinander zu vergleichen. Noch hatte ich kein Foto von unseren Falken machen können, also suchte ich mir eines bei google, druckte es aus und hängte es daneben.

War der Kern des Falles hier zu suchen?

Benny stand plötzlich hinter mir.

„Sie haben gerufen, Gnädigste."

„Wie bist du ins Haus gekommen?"

„Papa hat doch einen Schlüssel und er bespaßt jetzt deinen Herrn Ersehnten."

„Ich bin Daniel derzeit unendlich dankbar."

„Und was ist Ihr Begehr?"

Wie sollte ich es geschickt beginnen, schließlich wollte ich ja heute mit meinem Wissen punkten. Der Falke flog zu pass über unseren Garten hinweg und kreischte.

„Tinnunculus."

„Was?"

„Der lateinische Name für den Turmfalken, bedeutet schellend, klingend."

„Tinnitus passt auch", fand ich.

„Das war jetzt aber ein Falco peregrinus, ein Wanderfalke. Er ist größer als der Turmfalke, war Vogel des Jahres 1971. Und er schreit zjuck zjuck als Warnung. Bei der Beuteübergabe kazick. Viel spannender aber, wenn der Brutplatz gestört wird ein schnelles grägrä oder kekeke. Beim Betteln ein gepresstes grrääi. Noch mehr dazu?"

„Klingt ja, als sei der aus Island ausgewandert."

„Und was wolltest du mir nun berichten?"

„Ähm, dass es nicht nur Rotkehlchen, sondern auch Braunkehlchen gibt."

„Stimmt, das Braunkehlchen war Vogel des Jahres

2023, der Wiedehopf 2022, …"

„Woher weißt du das alles, Benny?"

„OI."

„Was?"

„Own intelligence."

Immerhin hatte Benny noch nichts von den Uhus gehört, die die Krähen in Freren verscheucht hatten. Ich musste den Artikel sofort öffnen und Benny sog ihn ein wie ein Schwamm.

„Wollen wir zurück zu dem Fall kommen? Oder wolltest du nur zeigen, dass du durchs Netz surfen kannst?", fragte er keck.

„Du hast mit dem Fall gar nix zu tun. Damit das mal klar ist."

„Du ja auch nicht - laut Frau Oberhauptfeldwebel."

„Sei nicht so frech!", lachte ich.

Gemeinsam schauten wir uns die Fotos an und besprachen, wie unterschiedlich ihr Revier, ihre Angewohnheiten und Lebensbedingungen doch waren. Benny hatte beim Sommer-Ferienpass einige Tage an der Nackten Mühle in Haste verbracht und die Arbeit der NABU kennen gelernt. Kurz darauf wurde er Mitglied und verbrachte wenigstens einen Nachmittag in der Woche und etliche Wochenenden dort. Durch Bennys offene neugierige Art lernte er schnell die wichtigsten Kursleiter kennen und bot sich zur Unterstützung bei deren Forschungen an. Er war wissbegierig, brachte aber auch gute Ideen ein. Jetzt musste er eigentlich nur noch älter werden, um selbst die Ausbildung zum Gruppenleiter zu machen. Die zum Nerd hatte er bereits bestanden.

Er konnte aber auch schweigen. Uns war beiden klar, dass

irgendetwas mit den Uhus nicht stimmen konnte, kriegten es aber nicht zu fassen.

„Ich brauche Photos vor Ort. Kannst du die besorgen?"

„Ich habe welche. Ich war ja schon mit Johnny im Kirchturm."

Ich holte meine Kamera und steckte die Speicherkarte in den PC, scrollte ein wenig durch abertausende Photos und öffnete die, die ich spontan und ziellos geschossen hatte.

„Stopp", sagte Benny, als er die große Fensternische entdeckte. „Ranzoomen."

Wir sahen zwei Uhus in der Ecke, auf Stroh und Ästen gebettet, auf dem Boden hocken. Die Fensterläden waren geöffnet, so dass die Vögel zur Nahrungssuche hinausfliegen konnten. Andererseits waren sie geschützt, dass niemand ihr Gelege entdecken konnte.

„Sekundärbiotop", erklärte Benny. „Kein Uhu würde sich so ein Zuhause suchen. Die beziehen gerne Quartier in verlassenen Greifvögelhorsten. Aber so baut auch kein Falke, so bauen nur Menschen. Kannst du alles auf der Seite von NABU nachlesen. Der Brutplatz muss auf alle Fälle ungestört für die Aufzucht sein, ist er vermutlich. Deswegen haben die Uhus den Ort akzeptiert. Aber wie sind sie dorthin gekommen? Sie würden sich weiter oben im Turm einquartieren. Aber da ist belegt. Hmm. Ich frage am Mittwoch in der Nackten Mühle nach, da treffe ich Hendrik. Der weiß das."

„Und ich rufe jetzt Johnny an. Sie soll heute Abend vorbeikommen."

„Auf ein Prösterchen?!", Benny war wirklich vorlaut.

XV

Van Hooge studierte noch einmal genau das Aussehen ihres nächsten Gesprächspartners. Sie hatte sich mit Samuel Grünberg im Schlossinnenhof verabredet, wollte es aber keinesfalls als blind date starten. Auf dem Foto, das im Teamraum an der Wand hing, blickte ihr ein gepflegter, gestriegelter junger Student entgegen. Aber sahen nicht viele so aus? Das Foto gab nix Außergewöhnliches preis. Freese hatte es aus der Datei der Universität kopiert. „Bewerbungsfoto", dachte van Hooge.

Für dieses Treffen hatte die junge Polizistin von Mönning grünes Licht bekommen, weil er fest daran glaubte, dass sie dem Studierenden allerlei entlocken könne. Freese war eher mulmig bei dem Gedanken zumute. Immerhin war sie sein Schützling, er trug die Verantwortung und ließ sie nur ungern zu einem Treffen im ungeschützten Raum. Wenigstens verkabeln, hatte er gefordert.

„Und wenn ich Hilfe brauche, drücke ich den roten SOS Knopf", machte sie sich über ihn lustig. Er war zwar nur gut zehn Jahre älter als sie, dennoch zeigte er Vatergefühle. Dass er sich an ihre Fersen heftete, verriet er nicht. Er blieb im Verborgenen, hatte sie aber genau im Blick.

Van Hooge hatte sich mit Grünberg auf der Bank am Seitenflügel des Schlossinnenhofes verabredet. Es gab zum Glück nur ein paar Bänke und nur eine war mit einem jungen Mann besetzt. Sie steuerte auf ihn zu und er erhob sich, als er sie sah.

„Van Hooge", begrüßte sie ihn.

„Samuel Grünberg, kurz Sam", antwortete er.

Er war groß, schlank, sportlich. Das Haar wild vergelt.

Außerdem blickte sie in zwei grüne strahlende Augen. Die waren zugleich lieb und verführerisch. Verdammt.

„Hier studieren Sie?"

Damit entwich sie seinem Blick.

„Nein, ich studiere am Westerberg. Mathe und Bio sind 'ne gute Combi. Ich mag diesen Ort, er ist ruhiger, weniger Trubel als auf dem Campus und vor der Mensa. Berni hat hier im Schloss Theologie studiert. Wenn wir uns zum Mittag verabredet haben, haben wir uns oft hier getroffen."

„Erzählen Sie mir von ihm."

Er drehte sich auf der Bank ein wenig zu ihr und wieder funkelten seine Augen.

„Berni ist … war ein toller Typ. Wir waren schon zu Schulzeiten befreundet. Aber das habe ich deinem Kollegen bereits erzählt."

Sie ignorierte seine kleine Frechheit einfach.

„Warum wollen Sie Lehrer werden?"

„Sicherer Job, Bio macht mir Spaß, ich mache gerne was mit Menschen. Oh, das sagen vermutlich alle. Bezahlung stimmt, zumindest in der Sek II. Reichlich Ferien, auch wenn das nicht wirklich stimmt. Es gibt Hoch- und Tiefphasen. Aber nach ein paar Durchgängen hab ich alles in den Dateien gespeichert und lade es für die Schüler einfach hoch. In Bio ändert sich nicht so viel, in Mathe gar nix. In Bio kann ich vielleicht noch etwas forschen und etwas Sensationelles entdecken. Dann höre ich auf zu arbeiten und forsche in meiner Datscha auf Hawaii."

„Ernsthaft?"

„Ist ja nur ein Traum. Berni hat es aber immerhin auch schon bis in seinen Kirchturm geschafft."

„Neidisch?" Fing sie zu flirten an? Und das mit der Verkabelung zu Freese. Am liebsten hätte sie sich das Kabel gezogen.

„Nee, bestimmt nicht. Berni hatte mich gefragt, ob ich seine Uhus mit wickeln will. Das ist nix für mich. Uhuscheiße wegmachen und so. Berni hat es auch nur für seinen Vater getan. Nächstenliebe und so. Deswegen wollte er Lehrer werden. Schülern was beibringen und sie retten. Aber ansonsten war er cool. Zu Caro-Zeiten waren wir oft im Zweier rudern, starkes Team. Fast alle Wettkämpfe haben wir gewonnen. Partys hat Berni auch wohl mitgenommen, aber nie viel getrunken, eigentlich gar nicht. Seine Mutter war für ihn ein abschreckendes Beispiel. Geraucht hat er auch nicht, sich relativ gesund ernährt, außer mittwochs da war unser Pommes-Tag. Willst du immer bei der Polizei bleiben?"

„Erstmal schon, der Job gefällt mir, ist vielseitig. Ich mache gerne was mit Menschen."

Er hatte den Wink verstanden und musste lachen.

„Vielleicht studiere ich auch noch Richtung Forensik."

„Spannend. Erzähl noch mehr von dir."

„Dafür werde ich nicht bezahlt. Ich suche nach Bernis Mörder."

„Wenn du rausfinden willst, ob ich es war, lade ich dich gerne zum Essen ein."

Er war mehr als dreist ... und interessant.

„Ich komme drauf zurück, wenn ich keinen anderen Mörder finde", gab sie zurück. Am liebsten hätte sie allerdings sofort zugesagt.

XVI

Freese musste vor ihr zurück im Präsidium sein und so tun, als hätte er alle Hände voll zu tun. Abgehetzt saß er vor seinem Computer.

Van Hooge ging jedoch direkt ins Büro von Kramer und berichtete ihr. Sie startete mit seinem Charme, dem sie fast erlegen wäre. Sie hatte deswegen das Gespräch auch vorzeitig beendet, weil sie ihr Vorgehen für nicht professionell hielt. Dennoch kam sie zu dem Schluss, dass Grünberg ein perfekter Schauspieler sei, sich sofort auf sein Gegenüber einstellte und es testete. Gerne hätte sie ihn noch nach Sina befragt, aber die Antworten hatte Mönning ja bereits erhalten. Er hielt nicht viel von Bernis Freundin. Sie war ihm zu flatterhaft.

Andersherum sollte man jedoch Sina nach Grünberg fragen, vielleicht war die Abneigung gegenseitig.

Kramer notierte den Gedanken an ihrem whiteboard. Außerdem klebte sie Erinnerungszettelchen daneben, dass sie ihrer Freundin Lisa von den unterirdischen Gängen unterhalb der Katharinenstraße berichten wollte. Gerne hätte sie auch Sinas Mutter zu deren Vater befragt. Sie machte jedoch gerade mit ihrem jetzigen Mann Urlaub in Burundi, war dadurch schwer zu erreichen. Und letztendlich war es vermutlich eine Spinnerei von Sina über ihren imaginären reichen Vater.

Während Freese sich noch den Schweiß von seinem Sprint abwischte, rief er:

„Auf Sinas Blog gibt's was Neues."

Er schnappte sich ein tablet und gesellte sich in Kramers Büro dazu. Ein paar Tasten und auf dem whiteboard erschien der neueste Blog von Sina von Gülich. Sie rief zu einer Demo gegen Rechts auf. Ihre Überschrift lautete: Feuer löschen statt Brandmauern. Unter diesem Motto wollten sich verschiedene Gruppierungen treffen, um gegen den Rechtsruck in einigen ostdeutschen Bundesländern durch die Stadt zu ziehen.

„Sie schreibt ‚No future for fascism - den Rechten die Räume nehmen‘ und dass ihr diese rechte Politik Angst mache. Alles drehe sich um die Verschärfung des Asylrechts, aber das ist ein Grundrecht", fasste Freese zusammen.

„Wo sie Recht hat, hat sie Recht", sagte van Hooge. „Ich weiß, dass ich meinen Beruf an den Nagel hänge, wenn Deutschland von der AfD regiert wird. Sie bei Demos, so schwachsinnig ich ihre Meinung finde, beschützen müssen, fällt für mich unter Meinungsfreiheit, auch ein Grundrecht. Aber nach ihrer Pfeife tanzen, würde ich nicht."

„Eigentlich ist es gut, dass es so mutige Menschen wie von Gülich gibt", gestand auch Mönning. „Aber wir verheddern uns schon wieder in Sina. Oder ist sie der springende Ausgangspunkt? Sollte möglicherweise sie die Treppen hinabfallen und gar nicht Berni?"

„Spannende Frage", gab auch Kramer zu, „wir bleiben an Sina dran." Damit kreiste sie den Namen fett ein.
Den Abend musste sie sich bei ihrer Freundin Lisa erholen.

Ich hatte sie angetickert, dass Benny interessante Ideen zu den Uhus hatte, die ich mit ihr durchgehen wollte. Mia hatte sich entschuldigt, weil sie mit Mönning ins Kino gehen wollte.

Johnny hörte mir zu, dass die Uhus vermutlich nicht freiwillig ins erste Geschoss gezogen waren, dass es untypisch sei, dass Benny sich aber weiter zum Experten ausbilden lassen wolle.

Danach zeigte sie mir Sinas Blog und welche Reaktionen sich dabei in ihrem Team herauskristallisiert hatten. Alles drehte sich um diese Frau. Ich druckte den letzten Eintrag von Sina aus und heftete ihn an meine Pinnwand. Auf kleine Posts notierten wir unsere Fragen. Natürlich nur, um in Johnnys Kopf das Durcheinander zu sortieren. Ich hielt mich selbstverständlich auch weiterhin aus diesem Fall heraus!

Bevor sie ging, machte ich aber noch fix ein Photo unseres Fragenkataloges, denn Johnny nahm die Postfix' mit für ihr Büro.

Joshua schnarchte inzwischen lautstark im Wohnzimmer. Sein Bruder hatte ihm nicht ins Schlafzimmer geholfen. Bis zur Toilette schaffte Joshua es inzwischen ohne große Probleme mit Krücken, aber die Treppenstufen nach oben waren noch ein schwieriges Hindernis. Außerdem lag Peppermint wieder quer auf seiner Brust, so dass er sich ohnehin kaum bewegen konnte.

Chilly maunzte mich ins Büro. Da in mir auch ein Gedankenkarussell kreiste, nutzte ich meine innere Unruhe. Zuerst googlete ich nach Osnabrücker Gruppen, die sich gegen Rechts positionierten. Da gab es doch einige, von der Antifa über Linke bis zu überparteiischen Bürgerinitiativen. Sie alle wollten gemeinsam ein Zeichen setzen.

Ich suchte weiter in Sinas blog. In ihrem Fokus standen besonders die Asylpolitik und Rückführung bei abgelehnten Asylanträgen. Sina ereiferte sich in der Frage, wer

warum solche Anträge ablehnen konnte. Reichte die Verfolgung und Unterdrückung in Afghanistan nicht aus, um hier leben zu dürfen? Sollten politisch Verfolgte zurück in die Türkei? Sie bräuchten ja nur ihre Auffassung ändern oder ihr Maul halten. Sollten alle finanziellen Unterstützungen bei Abgelehnten gestrichen werden, damit sie erst recht in die Illegalität flüchten mussten und sich ihr Essen zusammenklauben mussten? Angst schüren, das können die populistischen und faschistischen Parteien, das sei aber auch alles. Und ein Drittel der Ossis fiel darauf herein, weil sie nach über 30 Jahren Demokratie immer noch nicht gelernt hatten, selbstständig zu denken, sondern sich lieber wieder in geordneten Strukturen fesseln wollten. Sina nahm in ihrem blog kein Blatt vor den Mund, sondern überspitzte und prangerte an und sie argumentierte geschickt. Sie fragte offen, warum die AfD sich für ‚Ausländer raus' einsetzte, aber nicht für die Gleichberechtigung der Frauen, nicht für einen höheren Mindestlohn, für sinnvollere Bildung, für alternative Energien, für Nachhaltigkeit und so weiter.
Ich kam ins Grübeln. Sie hatte irgendwie Recht.
Aber was hatte das alles mit den Uhus zu tun? Asyl von Uhus im Kirchturm?

XVII

Mönning hatte Recht gehabt, sie musste etwas gegen ihre Zerrissenheit tun, wieder zu sich selbst finden. Deshalb sprang sie gegen 6 Uhr aus dem Bett, trank einen Kaffee, schlüpfte in ihre Joggingklamotten und fuhr zum Rubbenbruch. Es war zwar schon hell, doch begegnete ihr kaum jemand. Sie lief einmal um den See und fühlte sich frei. Vier Kilometer mussten heute reichen. Zuhause eine erfrischende Dusche und ab ins Präsidium. Es gab viel zu tun.

„Teamsitzung in 30 Minuten", kündigte sie an.

Mönning schaute in ihr Büro.

„Frisch siehst du aus. Warst du Joggen oder hast du ausgiebig gefrühstückt?"

„Joggen, macht den Kopf frei."

„Dann biete ich Croissant oder Zitronenkuchen an." Kramer wählte das Croissant und war für Mönnings Fürsorge sehr dankbar.

Freese hatte inzwischen die Liste der Hilfskräfte für das Uhu-Projekt von Theling erhalten und es bereits ausgewertet.

Auf dieser Liste waren sieben Namen aufgeführt, zuoberst sein eigener, dann der seines Sohnes, Leanette Gülich, Sam Grünberg war sofort wieder abgesprungen, ein junger Student war noch im Auslandssemester und würde zum nächsten 1. anfangen, ein weiterer lag im Krankenhaus und Songül Özdemir wertete die wichtigsten Ergebnisse online in Berlin aus. Diese Liste brachte sie absolut nicht weiter. Freese hatte mit dem HiWi im Krankenhaus telefoniert. Er war nur selten eingesprungen, wenn Thelings beide keine Zeit hatten. Einen eigenen Schlüssel hatte er nicht, er musste ihn immer vom Professor persönlich abholen oder sie hatten einen geheimen Ort, wo der Schlüssel versteckt lag. Er wolle ihn aber nicht Preis geben, da ja nur er und der Professor diesen vereinbart hätten.

„Wenn das mann stimmt", munkelte Mönning.

„Wie ist denn Leanette ins Turmhaus gekommen, musste sie den Schlüssel auch beim Professor abholen?", überlegte Kramer.

Nächster Postfix.

„Auskunft sollte uns auch der Professor geben und wir schauen, ob es sich deckt. Ich habe da so ein merkwürdiges Gefühl", lachte Kramer.

XVIII

Sina von Gülich war völlig aufgelöst. Sie war leichenblass und zitterte am ganzen Körper.

Nachdem sie die mysteriöse Nachricht an ihrem Fahrrad entdeckt hatte, hatte sie sofort Kramer angerufen. Die war umgehend mit Mönning zur Katharinenkirche geeilt.

Von Gülich hatte ihr Fahrrad, wie fast jeden Vormittag, vor der Kirche abgeschlossen und war erst ins Barfüßerkloster hinabgestiegen, um sich über die neusten Ausgrabungen zu informieren und dann auf einen Kaffee ins Gemeindehaus. Als sie zurückkam, klebte ein Zettel an ihrem Rad.

Kramer steckte ihn vorsichtig in einen durchsichtigen Beutel und las „Fahr zur Hölle! Sonst helfe ich nach!"

Der Zettel musste schnellstens in die KTU, um mögliche Fingerabdrücke zu sichern.

Mönning nahm seiner Kollegin den Beutel ab und fragte von Gülich: „Kann ich mir mal eben Ihr Rad ausleihen?"

Kramer dachte, dass Mönning damit schneller über den Neumarkt käme. Er stieg allerdings nicht auf, sondern schob das Rad.

„Sicher ist sicher. Da kann die KTU auch gleich einen Blick drauf werfen."

Er hatte schon wieder viel weiter gedacht als sie.

Im Gemeindehaus gab es einen beruhigenden Tee und von Gülich konnte endlich befragt werden. Die Schrift auf der Nachricht hatte sie nicht wirklich zuordnen können. Und eigentlich verstand sie diese Drohung auch gar nicht. Kramer erinnerte an ihren Blog, der sicherlich nicht nur Freunde hervorbrachte. Jasmina und Freese waren bereits dran, die negativen Kommentare unter dem Blog auszuwerten.

„Könnte diese Drohung mit Bernis Tod zu tun haben?", fragte Kramer.

Von Gülich bezweifelte das. Dann blickte sie die Polizistin verzweifelt an: „Glauben Sie, der Anschlag galt mir und nicht Berni?"

„Berechtigte Frage. Was denken Sie?"

„Nein. Aber andererseits gibt es gar keinen Grund, Berni …"

Sie mussten auf die Ergebnisse der KTU warten. Bis dahin bot Kramer der jungen Frau Personenschutz an. Die wehrte jedoch ab. Gemeinsam gingen sie zur Kirche hinüber, wo von Gülich sich am Klavier austoben wollte.

Vor der Kirche schloss gerade ihre Schwester Leanette ihr Fahrrad ab. Blitzartig schoss es Sina durch den Kopf, dass sie die Schrift doch kannte und fuhr ihre Schwester an.

„Du eifersüchtiges Luder! Du wolltest gar nicht Berni die Treppen hinunterstürzen, sondern mich. Du hast den Falschen erwischt und nun hast du es auf mich abgesehen."

Leanette versuchte sich aus der Fesselung zu befreien.

„Ich weiß überhaupt nicht, was du von mir willst", schrie die zurück.

Bevor es weiter eskalierte, ging Kramer dazwischen.

„Das haben wir ganz schnell", entschied sie und schob beide Frauen in die Kirche.

„Setzen!", befahl sie und beide Schwestern setzten sich in die Kirchenbänke. Kramer zückte einen kleinen Block und diktierte Leanette ein paar Sätze. Ein Foto davon schickte sie an Mönning, der es gleich an den entsprechenden Kollegen weiterleitete.

„Frau von Gülich, wieso verdächtigen Sie plötzlich Ihre Schwester?"

„Ich habe ihre Schrift erkannt und sie hat ein Motiv."

„Gestern waren Sie sich noch sicher, dass Ihre Schwester völlig unschuldig ist."

Leanette Gülich stiegen inzwischen Tränen hoch.

„Ich habe mit diesem verfluchten Zettel nix zu tun. Ich habe ihn nicht geschrieben. Nehmen Sie meine Fingerabdrücke."

Kurz darauf befand sich Leanette Gülich im Polizeipräsidium und ließ alle notwendigen Tests über sich ergehen.

Sina hingegen schien sich für ihre Überreaktion zu schämen und haute in die Tasten.

XIX

Sina hatte auf Personenschutz verzichtet. Doch nachdem Mönning die Info aus der KTU erhalten hatte, dass Leanettes Fingerabdrücke nicht auf der Nachricht zu finden waren, sondern die einer anderen bislang unbekannten

Person, und dass die Felgenbremsen von Sinas Rad manipuliert worden waren, bat Kramer ihre Photographenfreundin, sich in die Katharinenkirche zur stillen Beobachtung zu begeben.

Sie selbst fuhr mit Mönning noch einmal zu Frau Theling, in der Hoffnung doch noch weitere wichtige Fakten zu dem Toten zu erhalten.

Frau Theling war in einem erbärmlichen Zustand. Ihre Kleidung hing lodderig an ihr herunter, ihre Haare waren nicht gemacht. Ihr Blick wirkte fern. Sie roch allerdings nicht nach Calvados und auf dem Wohnzimmertisch befand sich auch kein Glas.

Kramer begann das Gespräch wie stets: „Frau Theling, wir müssen Ihnen noch ein paar Fragen stellen."

Doch Mönning grätschte sofort dazwischen: „Es tut uns unendlich leid, wir gehen ins Wohnzimmer."

Frau Theling nickte, weinte und versank im Sofa. Mönning griff automatisch nach den Papiertüchern.

„Frau Theling, eigentlich eine völlig überflüssige Frage, doch wie war Ihr Verhältnis zu Berni?"

„Natürlich hatten wir ein gutes Verhältnis. Berni ist ein sehr liebenswerter Junge, hilfsbereit, hat gerne gekocht. Ich habe mich dann zu ihm in die Küche gesetzt und er hat von seiner Arbeit, also den Uhus erzählt. Wir haben auch gelegentlich über Theologie geredet. Aber da ist Berni mir schnell ausgewichen. Was die an der Uni lernen und wie die Bibel heute interpretiert wird. Ich weiß ja nicht. Alles wird hinterfragt. Dabei ist die Bibel doch Gesetz."

„Dann war es manchmal schwieriger mit Berni zu reden, verstehe", fasste Kramer zusammen.

Erschrocken blickte sie die Kommissarin an: „Keineswegs! Doch durch das Studium hat er sich sehr verändert. Er wurde manchmal streitsüchtig. Gar nicht mehr mein Berni."

Nun griff sie neben das Sofa und holte ein sauberes Rotweinglas und eine neue Flasche Calvados hervor und goss sich ein. Mönning ließ sie gewähren, achtete aber darauf, dass sie das Glas nicht bis oben füllte.

„Er wurde erwachsen, Frau Theling", beruhigte sie Mönning. „Wie gut, dass unsere Kinder auch mal kritisch sind."

„Meinen Sie?"

„Aber natürlich. Sie haben ja auch nicht alles gemacht, was Ihre Eltern wollten, oder? Immerhin haben Sie einen evangelischen Mann geheiratet, als das noch ein No go war. Sie sind Ihrem Herzen gefolgt."

Plötzlich glühten Ihre Augen voller Erinnerungen. Sie ging zum Bücherregal und holte ein altes Album heraus. „Früher war Bernhard so temperamentvoll und geistreich. Wir haben nächtelang diskutiert, getanzt, sind verreist. Wir waren in Rom, im Vatikan zur Audienz beim Papst, aber auch im Dschungel auf Madagaskar. Dann kam Berni zur Welt und unser Leben wurde etwas ruhiger." Sie blätterte im Album und zeigte Mönning einige Aufnahmen ihrer Hochzeit. Der musste in der Tat zweimal schauen. Die Frau, die ihm dort entgegenblickte, war spritzig und faszinierend.

„Frau Theling, wow, welche Schönheit. Und dieses lange rote Haar. Das stand Ihnen wirklich sehr gut."

„Sie Schmeichler. Wenn Sie mich heute betrachten, ist davon nix mehr übrig. Bernhard und ich haben uns auseinandergelebt. Ach Herr Mönning, Sie tun mir so gut. Jetzt vielleicht ein Schnäpschen?"

„Er muss mich noch fahren", antwortete Kramer, bevor er sich doch noch drauf einließ. „Aber da wäre noch eine Frage, die wir fragen müssen: Wo waren Sie zur Tatzeit?"

Frau Theling kippte den Rest Calvados in eins hinunter: „Ich war hier, vermutlich genau hier. Ich war allein. Es gibt keinen Zeugen außer dieser Flasche."

XX

Eigentlich hätte Mönning lieber die Untiefen in Thelings Leben alleine ergründet, aber Kramer bestand darauf, ihn zum Professor zu begleiten. Mit ihr war es schwierig, das Vertrauen des Mannes zu gewinnen. Dennoch begann Mönning mit dem Professor erst einmal zu fachsimpeln.

Sie trafen ihn allerdings nicht in der Universität, sondern bei seinen Schützlingen in der Kirche an. Er hatte darauf beharrt, so dass die KTU ihre Untersuchungen abgeschlossen und den Ort freigegeben hatte.

Theling saß zerknirscht neben einem zerbrochenen Ei. Vermutlich war es aus dem Nest gerollt und zerbrochen, als die Spurensicherung die Uhu-Eltern verschreckt hatte. Die waren not amused gewesen, erklärte der Kollege anschließend. Das Männchen habe ihn regelrecht angegriffen und am Oberarm verletzt. Ein Pflaster habe jedoch als ärztliche Maßnahme ausgereicht.

Mönning begann sein Gespräch mit den Auswirkungen auf die Uhus, die nun nur noch zwei Eier auszubrüten hatten und dass das Schlüpfen kurz bevorstand.

„Ist der Sekt im Kühlschrank für die Geburtsfeier gedacht?", Kramer versuchte witzig zu sein.

Theling blickte sie verwirrt an.

„Ach, der Sekt. Der ist wohl von den Gülich-Mädels."

„Sieht nach einer wilden Party aus."

„Wohl kaum, das würde die Uhus stören."

„Und es stört die Uhus nicht, wenn Sie dort den Haus-
putz machen?"

Theling war genervt von dieser naiven Polizistin, antwortete dennoch knapp und sachlich. Bislang war er noch
nicht angegriffen worden. Es täte ihm auch um den Kollegen der KTU leid, aber letztendlich hatte der sich nicht
an die Regeln gehalten und die Uhus verärgert. Dann
müsse man eben mit Konsequenzen rechnen.

Währenddessen hatte Mönning mit einem langen Besen
den Horst ein wenig vom Kot gesäubert. Dabei fiel ihm
eine rothaarige Perücke auf, die aus einem Schubladenre-
gal lugte. Er schickte Kramer einen Blick, sagte aber
nichts.

Ihr wurde das Gespräch allmählich zu bunt und sie kam
auf den Punkt:

„Reine Routine, Herr Theling. Aber wo waren Sie zur
Tatzeit?"

Der Mann stockte.

„Ich bringe doch nicht meinen Sohn um! Erlauben Sie
mal."

„Wo waren Sie?"

„Vermutlich in der Uni. Die Zebrafinken sind meine
Zeugen."

Schon wieder so glaubwürdige Zeugen. Kramer wollte
sich gerade in Rage reden, als sie einen lauten Schrei hörte.

XXI

„Jetzt hat sie mir doch einen Babysitter geschickt", lachte Sina von Gülich gereizt.

„Betrachten Sie es als außerordentliche Zugabe", versuchte ich zu beschwichtigen, „ich habe in ihrem Blog gelesen und finde Ihre Ansätze sehr progressiv ..."
Von Gülich blickte interessiert vom Flügel auf: „Fortschrittlich. Soso. Alarmierend sind sie, anklagend. Und da ist es egal, ob Sie mit mir übers Wetter oder den braunen Mob reden wollen."

„Lisa", stellte ich mich vor, um ein bisschen Tempo aus ihrer Erregung zu nehmen.

„Sina", sie setzte sich zu mir in die Kirchenbank. „Sorry, ich bin ein bisschen neben der Spur. Dieser Zettel an meinem Fahrrad, der hat mich schon erschüttert. Davon hat dir die Kommissarin bestimmt berichtet."

„Ja, hat sie. Ich hatte aber ohnehin gehofft, dich hier und heute in der Kirche anzutreffen. Als Johnny, also Frau Kramer, mich über den Zettel in Kenntnis gesetzt hat, kam mir als erstes der Gedanke, dass dir ein verärgerter Rechter Angst machen will."

„Nachdem ich meine Schwester beschuldigt habe, was mir jetzt echt leidtut, war das mein zweiter Gedanke. Aber dann muss dieser Jemand mein Rad kennen, meine Angewohnheit hier Klavier zu spielen, der muss mich kennen."

„Fällt dir denn jemand ein?"

„Eben nicht. Ich bin auch nur eine harmlose Aktivistin, ich schreibe doch nur in meinem Blog und prangere an."

„Oft sind die geschriebenen Worte aber viel gefährlicher. Und irgendjemandem hast du Angst gemacht."

Leanette Gülich betrat die Kirche. Sofort stürzte Sina auf sie zu und entschuldigte sich, für den Verdacht und die Unannehmlichkeiten.

„Vergessen, große Schwester", besänftigte Leanette, „aber ich habe gleich Orgelstunde und möchte vorher noch etwas üben. Also, kein Klaviergeklimpere!"

Sina gab sofort nach. Nicht noch mehr Streit mit ihrer Schwester. Vielleicht war ein Gespräch mit mir ja auch ganz nett. Um nicht noch mehr Übungszeit zu verlieren, verschwand Leanette sofort durch den hinteren Teil der Kirche und hinauf zur Orgel.

Wir verfolgten ihre Schritte im Orgelraum, hörten ein paar Register, die gezogen oder verschoben wurden, bis dann die ersten Töne aus den Pfeifen erklangen.

„Oi, das klingt aber schräg", flüsterte Sina, „die alten Orgelpfeifen sind verstimmt. Es wird Zeit für eine neue Orgel."

„So alt ist die doch noch gar nicht, oder?"

„Doch, sie ist in die Jahre gekommen. Sie stammt aus dem Jahr 1961 und wurde halt nach dem 2. Weltkrieg aus dem gebaut, was gerade zur Verfügung stand. Die Verkleidung ist aus Sperrholz. An Palmsonntag 1945 ist hier eine Bombe reingeknallt. Die Orgel verbrannte vollständig. Der damalige Küster konnte sich und eine alte Bibel aus dem 17. Jahrhundert gerade noch retten. Er hat beschrieben, dass das Zinn der Orgelpfeifen geschmolzen ist und aus dem Westfenster rauslief. Ich kann mir das gar nicht wirklich vorstellen. Es gibt Fotos vom Kirchturm, wie hohe Flammen ihn zerstören. Da steht nur noch das stählerne Gerüst. Bis in die 50er stand das Gerippe als Mahnmal, dann wurde der Turm restauriert. Und nach sechzehn Jahren gab es immerhin schon wieder eine Orgel, Express. Für ungeübte Ohren klingt die Orgel wohl auch noch imposant, das liegt an den ‚Spanischen Trompeten‘. Aber es gibt schon erste Lücken. Das Gehäuse ist mürbe und zwei Pfeifen sind schon entfernt worden. Beinahe wäre vor einiger Zeit eine Pfeife fast auf den Kantor geknallt. Er sagt immer ganz lustig, dass seine Orgel Zahnlücken hätte. Aber zwischendurch leidet sie auch unter Tastenhängern und Luftnot. Leanette hört angeblich auch ein Rasseln von einzelnen Pedaltönen. Vielleicht will sie sich auch nur wichtigtun. Eine Reparatur ist fast genauso teuer wie eine neue Orgel. Also werden fleißig SchirmherrInnen und Spendengelder gesammelt. Und Leanette mittendrin."

„Du machst dich dafür nicht stark?"

„Ich finde den Gedanken der neuen Friedensorgel toll, aber ich kann mich nicht um alles kümmern. Mir sind die Menschen wichtiger als Pfeifen."

„Davon gibt es aber bei den Menschen auch reichlich."

„Genau. Und die müssen gestoppt werden. Keine Abschiebungen. Keine Gefängnisse für ausländische Gefangene im Kosovo, so wie es Dänemark gerade plant. Kein Ruanda-Asyl-Plan. Vom Regen in die Traufe. Keine Benachteiligung von Frauen. Bildung für Frauen, besonders in Ländern wie Afghanistan. Keine sexuellen Übergriffe auf Frauen. Keinen sexuellen Missbrauch, mehr prinzipiell und besonders in der Kirche. Nächstenliebe ist das nicht, Nächstenliebe sähe zum jetzigen Zeitpunkt anders aus. Kein Sparprogramm für Frauenhäuser, sondern Ausbau der Unterkünfte…"

„Hol mal Luft. Das kannst du doch gar nicht alles wuppen."

„Und dann dieser Krieg in Palästina, in Gaza. Das Gebiet ist nur doppelt so groß wie Osnabrück, aber über eine Million Flüchtlinge, immer Fliehen vor den Bomben. Und die kommen auch aus dem Land nicht raus, alle Grenzen dicht, selbst das Mittelmeer. Da kann leider keine Frau Merkel sagen, wir nehmen die Geflüchteten auf, das schaffen wir. Wir schaffen es nicht mal, Israel zu stoppen, stattdessen liefern wir dort noch Waffen hin. Und ich bin bestimmt kein Antisemit, sondern fühlender Mensch."

Sina holte tatsächlich kurz Luft, um direkt weiterzupowern.

„Als der Staat Israel '49 gegründet wurde, lebten dort aber schon Menschen. Das gelobte Land, das Gott Abraham gezeigt hat, aber auch damals lebten dort schon Menschen. Darüber habe ich mit Berni stundenlang diskutiert. Er meinte immer, dass die Juden ja auch Geflüchtete waren und durch ihre unterschiedlichen Sprachen erst richtige Probleme hatten. Es gab halt offene moderne Juden aus den Metropolen und konservative orthodoxe Juden aus Osteuropa, die die politische Entwicklung völlig verschlafen haben, aber heute extremen Einfluss ausüben. Und ehrlich, in Israel leben nicht nur Juden, auch Christen, Muslime, andere Religionen."

Jetzt holte nur noch ich tief Luft.

„Klimawandel und Nachhaltigkeit fehlen noch. Natürlich kann ich nicht alles schaffen, deswegen muss sich meine Schwester ja auch um die Orgel kümmern. Der Orgelbauer kommt aus der Schweiz und hat schon mal alles ausgemessen. Beeindruckend fand ich das schon. Wir haben jetzt unseren eigenen Osnabrücker Orgeli."

Sina lachte. Ihr Mut und ihre Zuversicht sprangen auf mich über. Ich wollte mehr machen, als abends Prosecco trinken.

Plötzlich ein Knall, ein Schrei von der Empore.

XXII

Sie traute ihren Augen nicht. Das konnte doch nicht sein. Ihr Handy blinkte und wies van Hooge auf eine Whatsapp hin: „Lust auf n Kaffee? "

Im Profilbild erkannte sie sofort das Lächeln von Samuel Grünberg.

„Er ist frech", dachte sie. Und doch imponierte es ihr. Eigentlich ging man während laufender Ermittlungen auf so ein Angebot nicht ein, aber er war ja nur ein Kommilitone des Toten und hatte wenig zur Lösung des Falls beigetragen. Überhaupt war er noch gar nicht gelöst. Aber Jasmina konnte jetzt wirklich gut einen Kaffee brauchen. Außerdem wollte sie wissen, wie er an ihre persönliche Handynummer gekommen war.

„Bin in 30 min im Schloga", antwortete sie.

Eigentlich wollte sie sich noch bei Freese abmelden, doch der hing in einem wohl länger andauernden Gespräch mit seiner Frau und diskutierte über die Kidz. „Wenn das so stressig ist, verzichte ich lieber auf Kinder", dachte sie. Freese hatte sie aus dem Augenwinkel doch wahrgenommen, hielt die Hand auf die Muschel und rief: „Schaff dir nie Kinder an, zumindest keine Mädchen!"

Van Hooge grinste und winkte. Dass es bei Freese gleich drei Mädchen geworden waren, war ja seine Schuld. Wenn er nur Mädchen kann …

Sie ließ sich Zeit, wollte keinesfalls zu früh erscheinen.

Der Schlossgarten war zwar recht klein, doch nicht gerade übersichtlich. Sie vermutete Grünberg jedoch im Schlossinnenhof. Dort saß er tatsächlich und wartete auf sie.

„Ich habe deinen Kaffeedurst bis hier gerochen", begrüßte er sie.

Charming.

Er öffnete seinen Rucksack, fischte zwei Becher und eine Thermoskanne mit frischem Kaffee heraus.

„Ist preiswerter und nachhaltiger als Mensa-Kaffee", erklärte er. „Ich wusste allerdings noch nicht, ob du Zucker in den Kaffee nimmst, weil du ja schon süß genug bist", er lachte, „ist abgedroschen der Satz. Sorry. Wie magst du deinen Kaffee?"

„Schwarz, bitte."

Er übergab ihr eine Tasse. Es duftete herrlich.

„Wie hast du meine Nummer herausbekommen?"

„Ein Leichtes. Ich habe in deinem Büro angerufen und mich als Samuel van Hooge ausgegeben und dass ich die Nummer meiner kleinen Schwester verbaselt habe. Und zack hatte ich sie."

„Raffiniert, aber geschummelt."

„Alles für einen guten Zweck."

Auf Nachfrage, wer denn so freigiebig war, schwieg er. Gerne hätte sie im Anschluss einen ihrer Kollegen zur Minna gemacht.

„Wie kommt ihr im Fall Berni voran?"

„Laufende Ermittlungen, du weißt. Aber es könnte etwas fixer sein."

„Das wäre schön, dann könnte ich dich ins Cinema einladen."

Er ging ganz schön ran. Aber wozu dieses ganze Rumgesülze im Vorfeld? Wenn man sich sympathisch war …

„Ich bin dabei. Mach mal drei Vorschläge für Filme."

Sie zückte ihr kleines Notizheftchen, um sich die Titel zu notieren. Derzeit war sie überhaupt nicht auf dem Laufenden, was Kino anging. Sie würde sich erst über Trailer informieren. Er startete gerade mit einer Auswahl, als ihr Handy klingelte.

Schnell drückte sie ihm ihr Heftchen in die Hand und bat ihn, die Titel auszuschreiben.

„Kann ich dir auch per WhatsApp schicken."

„Mach schon", bestärkte sie ihn, „dann kann ich auch gleich noch 'n Schriftabgleich machen." Sie zwinkerte ihm zu.

„Dann muss ich besonders ordentlich schreiben."

Van Hooge hörte nur, was ihre Kollegin zusammenfasste und sagte: „Bin gleich da."

Grünberg zog einen Flunsch, wusste aber, dass sie im Dienst war. Sie war schon ein paar Schritte von ihm entfernt, als sie sich noch mal umdrehte: „Kennst du das Fahrrad von Sina?"

„Nein, hat sie eins?"

„Danke. Bis bald."

Von Sam Grünberg musste sie sich leider viel zu früh trennen, aber ein Date stand ihr mit ihm ja nun bevor.

XXIII

„Das hast du doch mit Absicht gemacht", schrie Leanette Gülich von der Orgelempore herab. Sie hielt eine Orgelpfeife in der Hand und warf sie über die Brüstung in Richtung ihrer Schwester.

„Oh je, jetzt flippt sie wieder aus", damit duckte sich Sina von Güllich.

Mir blieb auch nix anderes, als unter den Kirchenbänken abzutauchen.

Leanette tobte und schrie und war gerade im Begriff, die näxte Orgelpfeife nach unten zu schmettern, als sie von hinten festgehalten wurde. Bernhard Theling war in den Orgelraum gesprintet und versuchte, die junge Frau zu beruhigen. Die versuchte sich zwar loszureißen, jedoch war sein Griff zu intensiv, als hätte sie sich lösen können. Ihre Beschimpfungen nahmen allerdings nicht ab.

„Wenn Sie sich nicht augenblicklich beruhigen, nehme ich Sie fest", sagte Kramer in strengem Ton. Sie und Mönning waren dem Professor gefolgt und standen nun auch im Orgelraum.

„Sie immer mit ihrem Welt-retten-wollen, ihre Scheinheiligkeit, das war doch bestimmt ...", schrie Leanette hysterisch weiter, wobei man kaum wirklich etwas verstehen konnte.

Mönning ging auf sie zu und sprach in seiner beruhigenden Art auf sie ein. Allmählich fasste sie sich und konnte ihre Tränen nicht länger unterdrücken. Mönning berührte sie behutsam am Arm und führte sie zur Treppe nach unten. Dort platzierte er sie in die Kirchenbank vor ihrer Schwester.

„Und Sie sind?", er schaute mich keck an.

„Lisa von Suttner, eine Bekannte."

„Gut. Ich bin anscheinend umzingelt von adeligen Frauen. Darf ich Sie bitten, als Zeugin zugegen zu bleiben."

Ich nickte nur verschmitzt.

„Frau Gülich, Sie haben eben Andeutungen gemacht, dass Sie wissen, wer Ihnen das angetan hat."

„Meine Schwester versteckt immer wieder illegale Asylanten hinter der Orgel."

„Kirchenasyl, liebe Leanette", konterte Sina sofort, „aber derzeit habe ich niemanden hier untergebracht."

„Du lügst doch, ich habe die schwarze Frau doch gesehen."

„Das waren höchstens deine Dämonen!"

„Meine Damen!", ging Mönning dazwischen, „wir werden gleich kontrollieren, ob sich dort im Orgelraum noch eine Person befindet."

„Wenn ich mich kurz einmischen darf", versuchte ich zu vermitteln, „Sina hat mir von den sturzgefährdeten Pfeifen der Orgel erzählt, dass sie sich von selbst lösen, Altersschwäche."

Leanette Gülich wurde etwas verlegen, da ihr das Eigenleben der Pfeifen durchaus bewusst war.

„Ein Fluch liegt auf uns, ganz klar", fasste Sina zusammen, „erst die Nachricht an meinem Rad und nun der Sturz der Orgelpfeife."

„Es ist übrigens mein Fahrrad, liebe Schwester, du benutzt es nur immer", bezichtigte sie sie.

„Stimmt das?", hakte Mönning sofort nach.

„Ja", gab von Gülich kleinlaut zu.

„Dann könnte die Nachricht theoretisch auch Ihrer Schwester gegolten haben", kombinierte der Kommissar.

„Frau Gülich, wen stufen Sie als Feind ein?"

„Meine Schwester!"

Währenddessen unterhielt sich Kramer mit Herrn Theling auf der Empore.

„Hatten Sie nicht gestern noch behauptet, dass es nur einen Ausgang zu Ihren Uhus gäbe? Und nun zücken Sie einen Schlüssel, öffnen eine verdeckte Tür im Turm, gelangen auf den Dachboden des Kirchenschiffes und durch eine weitere Tür auf die Empore zur Orgel."

„Nun ja. Ich hatte mich mit dem Küster darüber unterhalten, dass es keinen Fluchtweg gibt. Von diesem Durchgang wusste er vermutlich auch nichts, er war hinter einem Wandteppich versteckt. Den Schlüssel habe ich zufällig gefunden und es verschwiegen. Stellen Sie sich nur vor, es gäbe für Besucher einen Fluchtweg, dann hätten die Uhus keine ruhige Minute mehr."

„Zufällig gefunden? Wo denn?"

„Ich weiß es nicht mehr." Er druckste herum, das spürte die Kommissarin. Aber inzwischen konnte sie ihn so gut einschätzen, dass derzeit kein weiteres Sterbenswörtchen aus ihm herauszuholen war. Deswegen begleitete sie ihn nach unten zu den anderen.

„Frau Gülich", setzte Kramer an, „wussten Sie von der Verbindung vom Orgelraum zum Turm?"

Sie wurde zwar rot, verneinte aber.

„Frau von Gülich?" Kramer blickte die Schwester an.

„Nein, wusste ich nicht. Ich bin nie da oben."

„Es hat sich schon wieder eine Pfeife gelöst?" Hajo Schäfer kam in die Kirche gehastet.

„Sieht ganz so aus", antwortete Leanette Gülich kleinlaut.

„Und die ist bis hier nach unten gestürzt?", fragte der Küster.

„Das war Leanette, sie war etwas impulsiv", erklärte Sina.

Jasmina van Hooge trat hinter dem Küster in die Kirche.

„Es war gar nicht so leicht, ihn zu finden", bedauerte sie, „SpuSi ist unterwegs."

„Danke, Jasmina."

Damit richtete sich die Hauptkommissarin an Herrn Schäfer: „Wussten Sie von einer Verbindung Empore zum Turm?"

Der schüttelte den Kopf.

„Ich weiß nur, dass man von der Empore auf den Dachstuhl der Kirche gelangt."

Es verwirrte mich. Andererseits war der Küster erst einige Jahre in dieser Kirche angestellt und hatte den Geheimgang vermutlich wirklich nicht wahrgenommen. Ich sah auch die Fragezeichen in den Gesichtern der Polizisten.

XXIV

Als van Hooge das Präsidium wieder betrat, entschuldigte sich Freese vielfach dafür, dass er ihr bei ihrem Weggang nicht zugehört hatte. Jasmina wehrte ab, dass es nicht wichtig gewesen sei. Aber Freese spürte, dass die junge Polizistin etwas verheimlichte.

„Hattest du ein Date?", wollte er witzig sein.

Doch van Hooge lief rot an.

„Ups", entschuldigte sich ihr Kollege, „wer ist es denn?"
Sie reagierte nicht.

„Es ist doch nicht, …, nein, es ist nicht, … dieser Grünschnabel, oder?"

Eigentlich ging es Freese nix an, fand sie, und doch fühlte sie sich unwohl in ihrer Haut, als hätte sie etwas Verbotenes getan.

„Es war kein Date", wand sie sich, „ich wollte von ihm eine Schriftprobe, wegen des Zettels an Sinas Rad. Er mag sie nicht und ich hätte ihm zugetraut, dass er sie anfeindet."

„Das ist doch bullshit", begann Freese, als seine Kollegen Kramer und Mönning ins Präsidium zurückkamen und hitzig über den Pfeifenabgang und die ominöse Verbindungstür diskutierten. Freese war kurz abgelenkt, fuhr jedoch schnell mit seinem Argumentationsschwall fort: „So geht das nicht. Du bist hier zur Probe und hast dich bei mir ordnungsgemäß abzumelden. Ich bin für dich verantwortlich. Wir sind in laufenden Ermittlungen und du triffst dich privat mit einem Involvierten."

„Ach ja?", stoppte sie ihn. „Aber es ist in Ordnung, dass Mönnings Freundin mit Johnny über den Fall spricht und sie Sina eventuell als Model für ihre näxte Kollektion buchen will. Dass die Fotografin in die Buchhandlung marschiert und sich an Engels ranschmeißt. Das ist alles ermittlungstechnisch erlaubt. Aber nicht, dass ich mit einem Kommilitonen 'n Kaffee trinke und nebenbei 'ne Schriftprobe nehme? Ich habe nix mit dem!"

Kramer verfolgte das Duell kurz, bis sie dazwischen ging:

„Schluss jetzt! Jasmina, es ist in Ordnung, sofern du ihm keine Details über den Fall erzählst. Und du hast

Recht, meine Freundin Lisa weiß mehr, als erlaubt ist. Aber sogar Pfeifer nutzt ihre unorthodoxe Herangehensweise. Hast du die Schriftprobe an die KTU gereicht?"

Van Hooge nickte und versuchte ihrem Triumpf keinen freien Lauf zu lassen.

„Freese, und was ist mit dir los?", wendete sie sich ihm zu.

„Meine Frau ist wieder schwanger", erklärte er.

XXV

Michael Engels wartete bereits im Gesprächsraum, als van Hooge und Mönning ihn betraten.

„Danke, Herr Engels, dass Sie noch einmal Zeit für uns haben", begann van Hooge, „Ist Ihnen inzwischen noch etwas Wichtiges zu Berni Theling eingefallen?"

„Weise mir, Herr, deinen Weg, dass ich wandle in deiner Wahrheit, Psalm 86,11. Leider nicht, mir ist nichts Wichtiges mehr eingefallen."

„Würden Sie Berni Theling als Freund bezeichnen?"

„Ich halte mich zu denen, die dich lieben und deine Gebote halten."

„Psalm 119", kommentierte Mönning.

„Richtig. Ja, Berni war mir ein Freund, auch im theologischen Sinne. Wir waren nicht stets derselben Meinung, konnten uns aber gut austauschen."

„Waren Sie je im Turm, wo Berni die Uhus beaufsichtigt hat?"

„Es heißt zwar „Einer trage des anderen Last, so werdet ihr das Gesetz Christi erfüllen.", doch war ich nie im Turm der Katharinenkirche. Berni und ich haben oft in den Kirchenbänken gesessen und theologisiert."

„Wussten Sie von dem Schlüssel zum Turm?"

„Und ich will dir des Himmelreichs Schlüssel geben …"

„Steht bei Matthäus 16", wusste Mönning.

„Ich kenne nur den Schlüssel zum Himmelreich, keinen zum Turm. Berni wird einen gehabt haben, um zu den Uhus zu gelangen."

„Nun gut. Die Schwestern von Gülich", forschte van Hooge weiter.

„Aus einem Munde kommt Loben und Fluchen. Das soll nicht so sein, meine Brüder und Schwestern. Jak. 3."

„Welche flucht von denen?"

„Die ungeliebte Geliebte."

„Leanette? Weil sie in Berni verliebt war, er aber in ihre Schwester?"

„Ja. Auch."

Nun langte van Hooge dieses Geplänkel. Sie haute voller Wucht mit der Faust auf den Tisch.

„Hören Sie endlich auf mit diesem Hokospokus!"

"Hoc est enim corpus meum."

Bevor die Polizistin noch wütender wurde, klärte Mönning auf: „Das ist mein Leib. Im 17. Jahrhundert konnte das einfache Volk kein Latein und hat aus ‚hoc est enim corpus' Hokuspokus gemacht. Die Kirche hat ja auch mit allen Zaubertricks rangiert."

„Sie sind ein kluger Mensch", staunte Engels anerkennend.

„Und Sie sind auch klug, wenn Sie endlich mit der Sprache rausrücken!", giftete van Hooge.

„Es sind ja nur Gerüchte. Frau Theling hat mir einmal

anvertraut, dass ihr Mann auf Rothaarige steht. Sie selbst hatte einst feuriges Haar", verriet er.

„Hatte er ein Verhältnis mit Sina?"

„Frau Theling glaubt es. Ich traue es Sina nicht zu, sie war viel zu verliebt in Berni."

„Und Sie? Waren Sie auch in Sina verliebt?"

„Du sollst nicht begehren deines Nächsten Frau."

„Das ist keine Antwort", grätschte Mönning dazwischen.

„Aber die Einzige, die ich Ihnen geben kann."

XXVI

„Komischer Zölibatsvogel", fasste van Hooge das Gespräch zusammen, als Silas Canisius das Büro betrat.

„SpuSu, SpuFi, SpuSi", grüßte er.

„Klingt nach einem Verhältnis mit Pippi Langstrumpf", vermutete Mönning.

„Spuren suchen, Spuren finden, Spuren sichern", klärte van Hooge auf.

Canisius winkte mit einem Bericht.

„Ich dachte, es könnte euch interessieren. An der Tür zum Orgelbereich gab es nur zwei unterschiedliche Fingerabdrücke. Die vom Professor hatte ich ja schon aus dem Aufgang zu den Uhus. Die anderen gehören zu Leanette Gülich. Als sie den Schriftvergleich abgeliefert hat, habe ich sicherheitshalber auch ihre Fingerabdrücke abgenommen. Weitere Abdrücke gibt es nicht. Aber interessant ist, dass die Tür von der Orgelseite nicht zu öffnen ist. Da ist ein Knauf und nicht mal ein Schloss."

„Merkwürdig", fand Kramer.

„Heißt für euch aber, dass Theling und Gülich nur von den Uhus gekommen sein können", erklärte Canisius.

„Oder einer hat dem anderen geöffnet …", überlegte van Hooge, „könnte aber auch arbeitsbedingt sein. Muss ja noch nix weiter heißen."

„Und", Canisius machte eine kurze melodramatische Pause, „ich habe dort im Übergang ein Handy gefunden. Darf ich Jasmina zum Knacken des Codes entführen?"

Weg waren beide.

Nach diesem kurzen Briefing der Kollegen saß Kramer nun mit den beiden Schwestern im Gesprächsraum. Beide hatten sich zum Glück wieder beruhigt, so dass die Kommissarin gleich ins Thema einsteigen konnte.

„Frau Gülich, Sie hatten das Kirchenasyl erwähnt."

„Genau. Sina versteckt dort immer wieder Personen, die abgeschoben werden sollen oder sowieso illegal in Deutschland sind."

„Sie scheinen das nicht in Ordnung zu finden?"

„Prinzipiell ja schon, aber manchmal sind mir diese Leute unheimlich."

„Weil du dich nicht mit ihnen auseinandersetzt", grätschte Sina dazwischen.

„Wie denn? Ich spreche Deutsch und kann mich nicht mit ihnen unterhalten."

„Englisch? Hast du es damit mal probiert?"

„Nein", schrie Leanette Gülich, „ich will sie nicht an meiner Orgel. Sie machen mir Angst, wenn sich unsere Wege da oben kreuzen."

„Der Mensch plant seinen Weg, aber Gott lenkt seine Schritte", fiel es Kramer ein.

„Jetzt fangen Sie auch noch an. Michael redet immer so.“

„Michael Engels. Der Name ist sehr prophetisch.“

„Der Name ist allenfalls Programm. Der tut immer so, so christlich …“

„Ich finde ihn nett“, gestand Sina.

„Nett ist die kleine Schwester von Scheiße“, giftete ihre Schwester.

„Ja, du bist auch nett“, konterte Sina.

„Kaffee? Zum Runterkommen?“, bot Kramer an. Während sie den Kaffee besorgte, kebbelten die Schwestern weiter. Kramer war froh, Einzelkind zu sein.

Die Kaffeetasse reichend fragte sie: „Herr Engels sprach davon, dass Herr Theling senior ein Faible für rote Haare hat. Frau von Gülich, hatten Sie ein Verhältnis mit dem Professor?“

„Nein!“, antwortete die entrüstet.

„Ja“, gestand ihre Schwester.

„WAS?“

„Ja. Nachdem du mir Berni weggeschnappt hast, …“

„Hab‘ ich nicht!“

„… habe ich mich auch nach Zuneigung gesehnt. Wir haben uns auch öfter im Turm verabredet.“

„Dann ist der Sekt für Sie?“, kombinierte Kramer.

„Ja. Wir haben es uns halt gemütlich gemacht. Ist ja nicht verboten.“

„Doch. Der ist verheiratet!“

„Aber nicht glücklich.“

„Jau und dann hast du ihn glücklich gemacht.“

„Ja, dachte ich.“

„Wie meinen Sie das?“, hakte Kramer nach.

„Bis ich begriffen habe, dass auch er in Sina verknallt war", erklärte Leanette.

„Was?", fragte die.

Leanette war dem Weinen nahe: „Er hat mir von seiner Frau vorgeschwärmt und dass er sich in sie verliebt hatte, weil sie so hexenrotes Haar hatte. Und dass er auch dein Haar liebt … Und dann hat er aus seinem Rucksack eine rote Perücke gezogen und mich gebeten, die aufzusetzen. Und dann hatten wir den wildesten Sex."

„Leanette!"

„Bis ich begriffen habe, dass er nicht mit mir schläft, sondern mit dir."

Nun brach sie doch in Tränen aus.

„Welch Tragödie", dachte die Hauptkommissarin und wunderte sich nach dem Wortgefecht der Schwestern, dass Sina ihre kleine Schwester nun tröstete.

Kramer musste nun weiter vorstoßen: „Frau Gülich. Ich muss Sie das jetzt fragen: Waren Sie in der Mordnacht im Kirchturm und haben Berni Theling die Stufen hinabgestoßen?"

„NEIN!"

„Haben Sie gedacht, dass es Bernhard Theling ist, der die Uhus beaufsichtigt und wollten ihm einen Denkzettel verpassen?"

„NEIN!!!"

„Hören Sie auf! Meine Schwester war es nicht", ging Sina von Gülich dazwischen.

„Woher wissen Sie das?"

„Sie ist zu gut für diese Welt. Eher würde sie vom Turm springen."

„Ich bin mir da nicht sicher", gab Kramer zu bedenken,

„wir beenden das Gespräch hier. Halten Sie sich aber bitte zu unserer Verfügung."

„Melden Sie sich wieder, wenn Sie Beweise haben!", damit zog sie ihre Schwester vom Stuhl und aus dem Raum. Kramer fühlte sich erschöpft. So viele neue Infos und gefühlt doch keinen Schritt weiter. Es war Zeit für ihre beste Freundin.

XXVII

Mein Bauchgefühl blubberte, dass ich Gläser und einen kalten Weißwein, Aperol und gesprächiges Wasser auf den Tisch stellen sollte. Wenig später tauchte Johnny Kramer auch schon auf der Terrasse auf.

„Ich nehme einen Ebbe Sprizz", verkündete sie.

„So schlimm?"

„Keinen Alkohol heute."

Was mich allerdings nicht davon abhielt, mir einen originalen Spritz zu mischen.

Johnny ließ sich mit einem Glas Wasser mit einem Schuss Multivitaminsaft aufs Sofa plumpsen.

„Wo ist Joshua?", bemerkte sie da.

„Sein Bruder duscht ihn."

Johnny grinste: „Das übernimmst du erst wieder, wenn er die Krücken los ist, oder?"

„Erzähl von deinem Tag!", forderte ich sie auf.

Kramer äffte den Hickhack der Schwestern nach, dass beide eifersüchtig auf die andere sei, aber im entscheidenden Moment zusammenhielten wie Pech und Schwefel. Es war nicht an sie heranzukommen. Und dieses rothaarige Durcheinander: der Professor liebte einst seine rothaarige Frau, die inzwischen verblasst ist. Also verliebte er sich in Anis, die aber seinen Sohn liebte. Also liebte er ihre Schwester, wenn sie rothaarig wurde.

„Wie gut, dass die Uhus braun-graues Gefieder haben", kommentierte Joshua, der frisch riechend aus dem Bad kam.

„Aus!", platzten Johnny und ich gemeinsam heraus, „der Witz verdient den schlechtester-Witz-Pokal."
Damit verbeugte sich Joshua, zwinkerte seinem Bruder zu, der nun auch im Türrahmen stand und sagte: „Meine Profilerinnen, wir humpeln mal in mein Büro und zocken noch etwas."

„Fall nicht!", riet Johnny, „besonders nicht über die katjes …", die gerade stolz ins Wohnzimmer schlichen. Sie schmiegten sich an Kramers Waden, in der Hoffnung, dass sie in ihrem Rucksack Liebesbeweise transportierte, viele Beweise.
Johnny suchte auch nach Beweisen. Beweisen für ein Tatmotiv und den Täter.
Chilly musste etwas deutlicher werden und maunzte sterbend. Peppermint verfolgte eine andere Strategie und sprang auf Johnnys Schoß. Die streichelte die Katze, die automatisch zu schnurren begann. Von da war keine Unterstützung mehr zu erwarten, also warf Chilly den Rucksack einfach um und wollte ihn öffnen.

„Das Indiz liegt noch im Verborgenen", lachte ich und besorgte ein Schälchen, „lüften wir es."
Chilly hatte gewonnen, es gab leckere Krabben in Sauce.

„Dass eine der Schwestern Berni auf dem Gewissen hat, macht nach jetzigen Erkenntnissen keinen Sinn. Beide liebten ihn. Da wäre ein Eifersuchtsdrama zwischen beiden Frauen viel logischer", fasste Kramer zusammen.

„Du kannst hier nicht mit Logik argumentieren. Liebe unterliegt keiner Logik, sie kommt aus dem Herzen und manchmal aus dem Bauch."

„Bauch?"

„Sagt man doch: Liebe geht durch den Magen. Hast du schon was gegessen?"

„Kommt darauf an, ob du gekocht hast oder wir etwas bestellen", lachte Johnny.

„Daniel hat gekocht."

„Gut, dann habe ich Hunger."

„Ich habe euch belauscht", kam es aus der Küche, „gebt mir zwanzig Minuten. Bevor Lisa das Essen jetzt in die Mikro stellt."

Daniel brachte das Bier erst nach unten zu seinem Bruder und pfiff dann aus der Küche, während er unser Essen kredenzte.

„Ich glaube auch, dass ‚Anis' gar nichts damit zu tun hat. Sie zeigt es zwar nicht, doch ihr Schmerz sitzt tief in ihren Augen", erklärte ich.

„Das Auge isst mit", lachte Daniel und servierte uns feinste Bandnudeln in pikanter Soße mit Zucchinistreifen.

„Du meinst, dass Sina, ähm Anis viel mehr leidet als sie zeigt?", hakte Johnny nach.

„Richtig. Hingegen ihre Schwester ist eigentlich in Berni verliebt, lässt sich aber von seinem Vater vögeln, …"

„Und verkleidet sich dafür noch mit einer rothaarigen Perücke, …"

„Schon krass. Aber dann hätte sie besser den Alten umbringen können, …"

Johnny schmatzte. Ich grübelte.

„Und wenn der Anschlag gar nicht Berni galt, sondern dem Alten? Du sagtest doch, dass im Turm kein Licht brannte."

„Aber das wird die Sanfte auch nicht gewesen sein."

Johnny schmatzte immer genussvoller. Mir ging der Gedanke nicht aus dem Kopf.

„Die alte Theling?"

„Die würde bei ihrem Alkoholgehalt eher selbst stürzen. Sie hätte aber sicherlich nix gegen das Ableben ihres Göttergatten gehabt."

Mit vollem Mund sprach sie weiter: „Und da ist ja auch noch der Zettel an Sinas Fahrrad und die gestürzte Orgelpfeife. Das passt alles nicht zusammen."

„Zwei Täter*innen?"

„Hä? Du meinst beide Schwestern?"

„Nein, unterschiedliche Taten, die nix miteinander zu tun haben. Der Zettel an Sina für ihre Sozialkompetenz und Berni, weil … weil Engels schwul ist und auch in Berni verknallt."

Johnny spritzte etwas Soße aus dem Mund.

„Das glaubst du doch selbst nicht. Deiner Einschätzung nach wäre er gerne ein Frauenheld."

„Jetzt ist er Frauenversteher."

Meine Theorie hatte so ihre Haken, das musste ich mir eingestehen.

„Ja, er leidet unter Zölibatöse."

XXVIII

Kramer hatte ihrer Enthaltsamkeit nicht standgehalten

und bereute es am folgenden Tag ein wenig.

Noch war es im Büro ruhig und sie konnte sich einen Minztee aufsetzen.

Kurz darauf kam Mönning ins Büro geschlichen.

„Was ist mit dir?", sorgte sich Kramer.

„Mia schmiedet Hochzeitspläne und wir haben gestern eine Weinprobe gemacht. Ich hätte die Gläser nicht austrinken dürfen, nur nippen, wollte aber nicht unhöflich sein", erklärte er.

Unruhe machte sich auf dem Flur breit.

Jasmina van Hooge und Silas Canisius ließen sich auf die Stühle fallen.

„Zwei starke Kaffee, bitte", sagte sie.

„Deinen Augenringen nach zu urteilen, war es eine durchzechte Nacht", schloss Mönning.

„Ergiebige!", konterte van Hooge.

Freese, der vom Flur mitgehört hatte, schnappte sich schnell ein Tablett und brachte kurz darauf fünf Tassen heißen Kaffee ins Besprechungszimmer.

„Bei euch wieder alles eingerenkt?", fragte Kramer.

„War bei mir auch eine lange Nacht. Natürlich freue ich mich auf noch eine Tochter, was anderes kann ich sowieso nicht. Aber ich habe mich durchgesetzt, dass keine weitere Katze einzieht."

„Abwarten …", brummelte Mönning leise.

Nachdem alle familiären Sonderheiten geklärt waren, blickten alle gespannt auf van Hooge.

„Dass an der Durchgangstür nur zwei verschiedene Fingerabdrücke zu finden waren, konnte ich euch ja gestern schon mitteilen", begann Silas Canisius. „Die vom Professor und von Leanette Gülich. Es gibt keine weiteren

Abdrücke. Vermutlich wussten nur die beiden von diesem Durchgang."

„Und ein Verhältnis zum Professor hat Gülich ja auch schon zugegeben", bestätigte Kramer.

„Richtig. Aber ich mache nicht nur SpuSi, ich bin auch KTU."

„Karzinomatöser Traumdeuter für Ungereimtheiten", lachte van Hooge.

„Habt ihr heute Nacht irgendwas eingeworfen?", fragte Kramer irritiert.

„Definitiv zu wenig Kaffee", spaßte Canisius.

„Nun haben wir ja noch das Handy", van Hooge genoss die vibrierende Spannung. „Es ist ein Arbeitshandy von Berni Theling. Hier gingen nur Nachrichten von den Uhu-Leuten ein. Wer sich wann um das Federvieh kümmert. Gleich zu Beginn gibt es einen Chat zwischen Vater und Sohn, in dem Berni seinen Vater bezichtigt, die Uhus bewusst in die Katharinenkirche gelockt zu haben. Der Vater streitet alles ab. Ihm geht es immer nur um das Wohl der Tiere, nicht um seine Forschungsarbeit. Und natürlich um ein bestmögliches Umfeld für die Nachkommen."

„Prinzipiell ist das wohl unterschiedliche Wahrnehmung zwischen beiden", überlegte Freese.

„Durchaus", setzte van Hooge fort. „Berni hat sogar angedroht, die Uhus zurück in den Dom zu bringen. Darauf gibt es ein paar unschöne Reaktionen des Vaters und der Wortschatz beider lässt sehr zu wünschen übrig. Richtig schmutzig. Erspare ich euch hier."

„Das kann aber noch nicht der große Coup sein", vermutete Kramer.

„Durchaus richtig. Denn richtig spannend werden die Mails in den letzten zwei Wochen. Da schreiben sich Berni und Leanette ganz viel. Er hat wohl vom Verhältnis zu seinem Vater Wind bekommen und machte ihr die Hölle heiß. Sie hingegen machte ihn dafür verantwortlich, weil sie doch eigentlich ihn lieben würde."

„Was ist das denn für ein Durcheinander? Leanette liebt Berni, treibt's aber mit dem Vater. Der Vater liebt eigentlich Sina, nimmt sich aber ihre Schwester. Ist ja `ne schlechte Dailysoap."

„Immerhin lieben Berni und Sina sich", romantikte Mönning.

„Ist dann aber auch eher wie Romeo und Julia", resümierte van Hooge.

„Aber bringt uns das weiter?", überlegte Kramer.

„Durchaus", das schien van Hooges neustes Lieblingswort zu werden. „Leanette hat am letzten Abend immer wieder geschrieben, dass sie ihn treffen möchte und mit ihm sprechen müsse. Sie hat ihn auch fast zehnmal angerufen. Und ... die letzten Versuche waren in der Funkzelle der Katharinenkirche."

Kramer klatschte lautstark in ihre Hände: „Alibi geplatzt. Wobei, sie hatte sowieso keins."

„Jetzt aber ein noch stärkeres Motiv", bestätigte van Hooge.

XXIX

Van Hooge hatte den Mailverkehr ausgedruckt und die interessantesten Stellen gemarkert, so dass Kramer und Mönning sie schnell noch einmal nachlesen konnten, um sich einen Schlachtplan zu überlegen. Sie selbst hatte sich aufs Rad gesetzt und wollte wenigstens zuhause ausgiebig duschen. Ihr Vorgesetzter verdonnerte sie allerdings noch zu wenigstens vier Stunden tiefem Schlaf. Mit diesen Augenringen könne er hier keinen Blumenkasten mit ihr gewinnen. Jasmina hatte das Angebot dankend angenommen.

Mönning hatte sich kurz in sein Büro zurückgezogen. Er wollte eben mit Mia telefonieren und seine Schläfen ein wenig massieren. Kramer kam das zupass, sie stand vor ihrer Flexischeibe und zog neue Verbindungen zwischen den Personen.

„Ob Berni seiner Mutter von dem Verhältnis erzählt hat?", überlegte sie laut.

„Glaube ich nicht." Freese stand im Türrahmen und beobachtete sie. „So kompliziert sein Verhältnis zu seiner Mutter war, er hätte ihr nicht noch eins reinwürgen wollen."

Kramer nickte. Vermutlich hatte Freese Recht. Letztendlich spielte es auch keine Rolle mehr. Sie brauchten nur noch eine gute Strategie, um Leanette Gülich geständig zu machen. Gerne hätte sie ihre Freundin Lisa benachrichtigt, welch Durchbruch sie geschafft hatten. Das traute sie sich dann aber so offensiv doch nicht.

Mit einem lauten Knall schlug die Tür zu ihrer Abteilung auf. Eine verheulte Jasmina war wieder da.

„Was ist passiert?", fragte Kramer.

„Arschloch", sagte die nur kurz.

„Ja, bestimmt. Aber wer?"

„Sam."

„Dieser Grünfink?" Freese tolerierte zwar Frauengespräche, fand sich hier aber mit verantwortlich.

„Von vorne. Was hat er gemacht?", versuchte Johnny es ganz ruhig.

„Ich wollte ja nach Hause radeln. Und weil es gerade zwischen den Vorlesungen ist, bin ich durch den Schlossgarten und Innenhof geradelt. Weil ich gehofft habe …" Sie schluchzte.

„Dass er da ist", beendete Freese den Satz.

„Ja. Er war auch da. Auf unserer Bank. Aber mit `ner anderen. Unterhielt sich ganz intensiv, hatte die Kaffeekanne und Tassen dabei. So wie bei mir gestern. Er hat mich dann gesehen, kurz freundlich gewunken und sich wieder zu der Frau gedreht. Ich fühle mich so scheiße."

„Schmutzfink!"

XXX

Ich knobelte gerade über einem neuen Kochrezept und fragte mich, ob ich es ausprobieren sollte.

„Lass es", sagte eine Stimme klar und bestimmt hinter mir, „nutze deine Kompetenzen und mach das, was du kannst!"

„Und das wäre?"

„Kriminalfälle lösen, mit Hilfe deines Lieblingsneffen", kommentierte Benjamin.

„Wieso bist du nicht in der Schule?", fragte ich.

„Weil ich auch meinen Kompetenzen folge."

„Lass mich raten: Vermutlich Kriminalfälle lösen mit deiner Lieblingstante?"

„Geeenau!"

„Und Sir Sherlock, was hast du herausgefunden?"

„Lady Lisssa, besteche mich erst mit einer Cola."

Er würde nicht nachgeben, also öffnete ich ihm eine Flasche. Er nahm einen kräftigen Schluck, rülpste einmal laut und begann:

„Gestern habe ich meinen Coach von NABU getroffen und konnte ihn zum Verhalten der Uhus interviewen. Er sagt, dass die Hausgemeinschaft Uhu-Falke nur dann funktioniert, wenn die Falken reine Mäusejäger sind, so wie unsere Turmfalken. Wanderfalken sind unerwünscht. Außerdem ziehen Uhus in verlassene Nester, gerne von größeren Greifvögeln wie Bussarde ..."

„Das wussten wir ja schon."

„Außer, dass es in St. Katharinen natürlich keine Bussarde gibt. Folglich ziehen sie in künstliche Nesthilfen, die von Menschen geschaffen wurden. Wie zum Beispiel jahrelang in der Kirche in Haselünne. Dann ziehen sie auch ins Turmsouterrain."

„Du meinst, nach unten."

„Yipp."

„Und du meinst, dass hier nachgeholfen wurde, dass sie dort überhaupt eingezogen sind."

„Yipp."

„Es gibt noch die Möglichkeit, dass die konvertierten Uhus die Kinder der Domdynastie sind und sich ein eigenes Reich suchen mussten. Aber ..."

„Sie wären nicht ins Falkennest gezogen, oder?"

„Schlaues Tantchen."

Für mich stand der Fall fest. Der Professor hatte beim Uhu-Umzug nachgeholfen und war auf Widerstand gestoßen. Logisch wäre, wenn er gestürzt worden wäre. Leider hatte es seinen Sohn erwischt. Doch eine Verwechselung?

Ich schrieb Johnny eine whatsapp, die schnell gelesen wurde, aber erst einmal unbeantwortet blieb.

XXXI

Völlig verunsichert wartete Leanette Gülich im Besprechungsraum. Immer wieder suchte sie nach einer angenehmen Sitzposition und wackelte auf dem Stuhl. Sie rieb ihre Hände nervös, legte sie dann wieder ganz ruhig auf den Tisch vor sich. Machte Atemübungen, um in ihr inneres Gleichgewicht zu kommen.

Kramer und Mönning beobachteten sie von der anderen Seite durch den Polizeispiegel. Kramer empfand etwas wie Mitleid, befürchtete andererseits, dass die zu Vernehmende gleich ihre innere Mitte finden würde und dann dicht machte. Mönning hingegen wollte sie durchs Warten lassen weichkochen.

Schließlich nahm er die Box mit den Kosmetiktüchern, einen Becher Kaffee, dazu kleine Tassenportionen Kaffeesahne und Zucker und ging Richtung Vernehmungszimmer.

„Guter Cop", klärte er noch.

Kramer verdrehte die Augen. Aber vermutlich würde er sie so verständnisvoll bekehren, bis sie den Mord zugab. Sie selbst spielte folglich den bösen Cop und blieb an der Wand stehen. Mönning setzte sich leise und bot Gülich den Kaffee an.

„Der wird Ihnen guttun."

Gehemmt sah sie auf: „Ich weiß gar nicht, was Sie noch von mir wollen."

„Nun ja", setzte Mönning an und zeigte ihr Thelings Handy, „wir haben dieses Arbeitshandy gefunden, das eindeutig Berni gehörte."

Sie erschrak und ärgerte sich innerlich über ihre Reaktion.

„Es gibt viele Mails zwischen Ihnen und dem Opfer …"

Sie nickte.

„Auch am Abend des Mordes …"

Sie nickte wieder.

„Bitte erklären Sie uns das."

Gülich versuchte ihre Gedanken zu sortieren, doch es blieb ein verwurzeltes Knäul.

„Ich kann es richtig erklären", begann sie zu schluchzen. „Eigentlich liebe ich Berni, dachte ich. Aber dann habe ich mich in seinen Vater verliebt, dachte ich. Berni hat unser Liebesspiel durchschaut und seinen Vater unter Druck gesetzt."

„Liebesspiel?", hakte Kramer nach.

„Sie wissen es doch. Rote Perücke auf und apokalyptischer Sex bei den Uhus. Dazu einen Piccolo oder zwei. Wir haben es uns dort gemütlich gemacht", raunzte Gülich die Kommissarin an.

Kramer wurde bei dem Gedanken fast schlecht. Doch plötzlich musste sie an Aleksander denken. Seit sie ihn verlassen hatte, hatte er sich nicht mehr bei ihr gemeldet, nicht nachgefragt, wie es ihr geht. Das schmerzte. Aber sie hatte ihn auch nicht angerufen, aber mehr aus Angst, sie könne in ihrem emotionellen Eifer von ihrer Schwangerschaft erzählen. Er hatte ja gar keine Ahnung. Sie vermisste ihn.

Plötzlich reichte Mönning ihr ein Taschentuch.

„Pause?", fragte er.

„Sorry. Bin wieder bei euch", fing sie sich.

Böser Cop hatte sich damit erledigt. Sie hatte sowieso keine Lust auf diese Rolle. Also setzte sie sich auf den freien Stuhl und konzentrierte sich wieder auf die Vernehmung.

„Zur Tatzeit waren Sie im Umkreis der Katharinenkirche eingeloggt", setzte Mönning fort, „waren Sie in der Kirche?"

Es hatte keinen Sinn mehr, das zu leugnen, und sie nickte erneut.

„Haben Sie Berni dort getroffen?"

Ein weiteres Nicken.

„Was ist passiert?" Kramer versuchte es nun auch auf die einfühlsame Tour.

„Ich wollte nur mit ihm reden."

„Aber dann ist es eskaliert, es kam zum Streit und ...“

„Nein. Ja. Wir haben gestritten. Er wollte gerade die Uhus einfangen und in zwei Katzenkörben zurück zum Dom bringen. Aber die Viecher wollten nicht. Es gefällt ihnen im evangelischen Turm. Sie werden perfekt versorgt. Die hatten keine Lust auf erneuten Umzug."

Nun nickten die Kommissare.

„Berni hatte gerade das Weibchen eingefangen, aber das wehrte sich mit Händen und Füßen, nein mit Krallen. Es hat ihn am Oberarm oder der Schulter heftig erwischt. Er schrie leise. Als er mich sah, ließ er den Vogel los und fragte, was ich denn hier wolle. Ich habe ihm erklärt, dass ich ihn davon abhalten wolle, die Uhus zu entführen. Er hat nur gelacht und sich über mich lustig gemacht."

Kramer wollte bereits wieder auf die Eskalation zu sprechen kommen, doch Mönning berührte sie sanft am Bein und sie schwieg.

„Natürlich war ich sauer. Ich habe ihn angefleht, dass er das Projekt nicht zerstören solle, dass er an seinen Vater denken solle. Aber da hat er noch höhnischer gelacht. Dass er, wenn er an seine Mutter denken würde, die wegen der steten Untreue seines Vaters ihre Depressionen wegsaufen würde. Naja, ich habe dann geantwortet, dass sein Vater ja nur illoyal sei, weil sie Depressionen habe. Da ist er völlig ausgeflippt, hat mich energisch weggeschoben. Ich hatte Glück, dass ich nicht die Treppen heruntergefallen bin. Ich konnte mich aus seiner Umklammerung befreien und bin dann durch die Geheimtür Richtung Orgel. Er kam mir noch den Übergang nach. Die Worte, die er mir um die Ohren gehauen hat, möchte ich nicht wiederholen. Das war nicht schön."

Ihre Leichenblässe hatte sich inzwischen in tiefes Rot verwandelt. Ihre Nase lief, sie wischte sie sich einfach am Pulli ab. Mönning hielt ihr die Taschentücher hin, die sie lächelnd annahm.

„Und wie ging es weiter?"

„Gar nicht. Zumindest saß ich erst einmal fest. Die Tür war hinter mir zugeschlagen, der Rückweg also versperrt. Ich ließ mich auf der Orgelbank nieder und weinte. Erst wollte ich meinen Frust runterspielen, aber dann wäre Berni bestimmt gekommen, dass ich die Uhus störe. Oder so. Ich habe mich nicht getraut. Ich konnte auch erst einmal keinen klaren Gedanken fassen. Irgendwann fiel mir auf, dass ich in der Kirche festsaß. Die Türen waren ja verschlossen. Dann habe ich wieder Uhu-Geschrei gehört. Ich war mir sicher, dass Berni die Vögel verfrachtet hatte. Und irgendwann war es totenstill. Ich habe mich auf eine Kirchenbank gelegt. Dann habe ich noch versucht, Bernhard zu erreichen. Aber er ging nicht ans Handy."

„Und dann haben Sie in der Kirche übernachtet?"

„Ja", gab sie kleinlaut zu.

„Persönliches Kirchenasyl, oder?" Kramer konnte sich den Sidekick nicht verkneifen.

XXXII

Genauso schlau wie vorher. Kramer war enttäuscht. Zeit für die Nachricht ihrer Freundin. Die bestätigte, dass der Professor die Uhus auch aus persönlichem, sexuellem Nutzen umgesiedelt hatte. Doch wie nun weiter?

Sie sah Mönning fragend an. Er zog nur die Schultern hoch.

Genau in dem Moment traten Pfeifer und Staatsanwalt Cassens ins Büro, um sich über den Fortschritt zu informieren.

„Wir dachten, wir hätten, … aber das war ein Fehlflug", gestand Kramer.

„Wir hatten uns jetzt wieder intensivst auf eine Beziehungstat eingeschossen und natürlich auf die Konvertierung der Uhus. Da sind wir in der Tat zu wichtigen Ergebnissen gekommen", begann Mönning. Er erklärte in aller Ausführlichkeit das verzwackte Durcheinander der Beziehungen und die Uhus als Alibi für Schäferstündchen. Während Cassens immer wieder beeindruckt nickte, schien Pfeifer schwindelig zu werden.

„Mir deucht, Sie sind zu nachsichtig mit der heilig Mutter", frömmelte Cassens. „Ich glaube, die hat Dreck am Stecken und Stab. Sie sollten sie in die konfessionelle Mangel nehmen. Und halten Sie uns auf dem Laufenden!" Mönning wollte noch nachfragen, ob es zum Golfplatz ging, hielt aber den Mund.

„Herrenfrühstück in der OS-Halle, Charity-Veranstaltung", klärte Pfeifer umgehend auf.

„Klingt wie Herrengedeck", dachte van Hooge etwas zu laut und erntete reichlich missbilligende Blicke, aber auch ein Mönningschmunzeln.

XXXIII

Eine Sprachnachricht von Johnny. Im ersten Moment war ich verdutzt, weil das eher selten vorkam. Außerdem hörte ich nur ihre und Mönnings Stimmen und gar keine Anrede an mich. Hatte sie ihr Handy fälschlicherweise angeschaltet? Sie hatte mit Mönning vor deren Pinnwand gestanden und war mit ihm alles haarklein durchgegangen, bis hin zu ihrer Enttäuschung, dass Leanette Gülich sich nachts hatte in der Kirche verstecken müssen. Johnny sprach auffällig langsam und sehr distinguiert. Erst da fiel mir auf, dass sie mich heimlich einweihen wollte. Und das bedeutete, dass sie vor einer Wand vollerFragezeichen stand und nicht weiterwusste.

Sie brauchte meine Hilfe.

Ich hörte mir ihre Nachricht wieder und wieder an, machte Beziehungszeichnungen, holte meine Playmos raus und vernetzte die Figuren. Auch bei mir kam ein großes Wollwirrwarr heraus. Ich musste es langsam entflechten.

Johnny hatte mit Mönning auf Cassens Geheiß hin

beschlossen, die Mutter noch einmal genauer unter die Lupe zu nehmen. Dabei konnte ich sie nicht unterstützen. Mein Bauchgefühl schickte mich samt Kamera in die Katharinenkirche.

XXXIV

Mönning war ein wenig verwirrt, dass seine Kollegin noch einmal in aller Ausführlichkeit hatte Revue passieren lassen, was sie wussten und was in eine Sackgasse geführt hatte. Das brauchte sie ihm keinesfalls aufs Butterbrot zu schmieren. Und ihre Art sich auszudrücken. Zuerst schob er es auf die Hormone, dann auf ihr Handy. War sie doch irgendwie drangekommen, … konnte ja mal passieren. Inzwischen schätzte er die Fotografenfreundin sehr, die ja auch die beste Freundin seiner zukünftigen Frau war und bestimmt ihre Trauzeugin werden würde.
Er sagte allerdings nichts zu dem eingeschalteten Handy, je weniger er in dieser Beziehung wusste, umso besser.
Viel versprach er sich von dem Gespräch mit Frau Theling nicht, aber sein Chef hatte es zwischen den Zeilen angeordnet.
Sehr verwundert waren die beiden Kommissare jedoch, als Michael Engels die Tür öffnete.

„Es geht ihr nicht besonders gut", begrüßte er sie und führte sie ins Wohnzimmer.
Dort saß die Frau des Hauses wie ein Häufchen Elend. Auf dem Tisch stand eine halbgefüllte Flasche Kümmerling mit zwei Gläsern.

„Herr Engels, sie kümmerlingen sich ja ausgezeichnet um Frau Theling." Vorwurf lag in Mönnings Stimme.

„Der Weinstock steht jämmerlich und der Feigenbaum kläglich,
auch die Granatbäume, Palmbäume und Apfelbäume, ja, alle Bäume auf dem Felde sind verdorrt. So ist die Freude der Menschen
zum Jammer geworden."

„Lasst euch nicht verführen! Schlechter Umgang verdirbt gute Sitten. 1. Korinther. Fertig mit dem Rezitieren! Johnny wir brauchen starken Kaffee, bitte." Mönning war aufgebracht.

Frau Theling schien erst jetzt wahrzunehmen, dass weitere Gäste in ihrem Wohnzimmer saßen.

„Michael, hol doch bitte noch zwei Gläser", bat sie und wollte sich bereits nachschenken.

Doch Mönning nahm ihr die Flasche ab.

„Herr Engels, keinen Dienst heute?"

„Ich konnte mich freistellen lassen."

„Ach ja, seelsorgerische Arbeit. Verstehe."

Nun wurde er immer kleinlauter.

Mönning ging noch einmal zu dem Hochzeitsfoto, das auf dem Regal stand, nahm es und hielt es seinem Gegenüber hin. Eigentlich wollte er die Rolle des guten Cops übernehmen, aber die Situation hier machte ihn wütend.

„Sie waren einmal eine sehr attraktive Frau. Und nun lassen Sie sich so gehen. Das hätte Berni nicht gewollt."

Sie schluchzte.

„Ihr rotes Haar ist ergraut", setzte Mönning nach.

„Aber das steht ihr doch auch", versuchte es Engels.

„Ihr Mann steht auf Rot, nicht wahr?"

Sie nickte.

„Sie wissen, dass er sie betrügt!"

All in, dachte Mönning.

„Ja, mit der Hexe", sagte sie leise.

„Falsch!"

Engels wirkte verwirrt: „Nicht mit Sina?"

„Du sollst den Namen in diesem Haus nicht ausspre-
chen!", zischte sie ihn an.

„Nein, nicht mit Sina von Gülich", Kramer brachte den
frisch aufgebrühten Kaffee herein.

„Wir waren uns sicher", gestand Engels.

„Sie haben sie beobachtet, oder?", fragte Kramer.

„Nun ja", stammelte Engels. „Ich ... wir waren gelegentlich an der Katharinenkirche. Wir haben gesehen,
wie er sie umgarnt hat."

„Sie hat ihn aber abblitzen lassen. Sie war in Berni verliebt. Aber Sie waren noch nicht fertig, Herr Engels."

„Inzwischen hatte ich auch das Schlüsselversteck in
der Mauer zum Barfüßlerkloster recherchiert. Der Professor ging fast täglich in den Turm und oft organisierte
Leanette den Schlüssel und folgte ihm. Meist schloss sie
hinter sich ab. Aber einmal hat sie es auch vergessen. Ich
habe mich den Turm hinaufgeschlichen und ihn gesehen
mit der rothaarigen Sina. Das war schon sehr eindeutig."

„Und das haben Sie auch gleich Frau Theling brühwarm
erzählt. Oder?"

„Nein, nicht sofort. Ich musste erst in mich gehen. Ich
habe Stunden im Beichtstuhl im Dom mit mir gerungen.
Aber ich konnte diese Last nicht herunterschlucken.
Dann habe ich sie in die Schmach eingeweiht."

„Herzlichen Glückwunsch, Sie Fake-Newser. Sie haben
doch Leanette reingehen sehen. Wo sollte denn plötzlich
Sina herkommen?" Mönning war total aufgebracht.

„Das rote Haar …"

„Da hab ich noch einen Spruch aus dem 2. Petrus für Sie: Denn Gott hat die Engel, die gesündigt haben, nicht verschont, sondern sie in die Hölle geworfen und in Ketten der Finsternis gelegt, um sie bis zum Gericht aufzubewahren."

„Michael, ich verstehe das alles nicht. Hatte Bernhard kein Verhältnis mit der roten Hexe? Wen hast du dann gesehen? Er hatte doch ein Verhältnis. Er hatte immer ein Verhältnis neben mir …"

Kramer setzte sich zu der trauernden Frau aufs Sofa und legte ihren Arm tröstend um sie.

„Vermutlich hat Ihr Mann sich immer Frauen gesucht, die Ihnen ähnlich waren, ihn an Sie, seine große Liebe, erinnert haben."

Sie lächelte: „Meinen Sie?"

Kramer war sich nicht ganz sicher, aber es erschien ihr in diesem Moment logisch und sie wollte der Frau diese Illusion lassen.

Doch Mönning setzte bei Engels nach: „Sie waren auch an jenem Abend auf Ihrem Beobachtungsposten. Richtig?"

„Wir waren beide dort und haben gewartet", antwortete Frau Theling für Engels. „Ich wollte sie in flagranti erwischen. Aber statt seiner tauchte Berni auf. So war das zwar nicht verabredet gewesen mit meinem Sohn, aber irgendwie schien sich der Dienstplan geändert zu haben. Ich dachte, er remigriert diese Nacht die Uhus, zurück in die Heimat, zurück in den Kreuzgang Dom. Zum Glück hat Michael dafür ja die Schlüsselgewalt. Dann hätten wir ihn unterstützt. Doch kurz darauf kam die Arbeitskollegin von Michael – diese Hexenschwester. Ich war nicht sicher, auf welcher Seite sie steht. Wir warteten. Aber sie kam nicht wieder heraus. Und Berni auch nicht. Wir haben das Unternehmen „Uhu-Remigration" dann abgeblasen und Michael hat mich nach Hause gefahren. Ich habe noch gedacht, dass Berni wie sein Vater wird. Er betrügt die eine Schwester mit der anderen. Dass die ihn umbringt, habe ich doch nicht gedacht."

So klar war die Frau schon lange nicht mehr gewesen. Kein Hauch von Verblendung oder Alkoholverwirrung.

„Sie war es nicht!", schloss Kramer.

XXXV

„Ah, meine Sitterin", begrüßte Sina mich.

Sie saß am Klavier und klimperte vor sich hin. Ihre Schminke war verlaufen. Sie wirkte gar nicht mehr so taff wie bei unserem letzten Treffen.

„Reden?", fragte ich und setzte mich in eine Kirchenbank.

Sie ließ den Tastendeckel langsam fallen und nahm neben mir Platz.

Ich wartete. Sie wusste, dass meine Ohren für sie geöffnet waren. Nun mussten sich ihre Lippen öffnen und sie sich selbst.

„Meine Schwester hat mich angerufen und mir von ihrem Streit mit Berni in der Mordnacht erzählt. Er wollte doch tatsächlich die Uhus zurückbringen, zurück nach Hause. Ich kannte bis dato gar nicht den Hintergrund, warum der Alte die Uhus überhaupt hier in dieser Kirche ansiedeln wollte. Jetzt habe ich es kapiert. – Aber dass Berni Ernst machen wollte, …"

„Hattest du das nicht erwartet?"

„Nee, er hat öfter mit dem Gedanken gespielt. Ich habe versucht, ihm das auszureden, weil es den Uhus hier doch gut geht. Sie brüten, werden versorgt. Andererseits war es mir auch nicht so wichtig, weil ich ja nur mit Berni zu den Uhus bin und mich nicht intensiv um ihr Wohl gekümmert habe. Aber dass der Alte es nur für seine Schäferstündchen eingerichtet hat…"

„Ich glaube, er ist auch an seiner Forschungsarbeit interessiert. So intensiv studieren kann er die Vögel nur hier, im Dom gibt es wissenschaftliche Konkurrenzler oder konkurrierende Wissenschaftliche."

„Aber die hätten sich doch auch …, aber bestimmt zu teuer. Geizig ist der Alte laut Berni nämlich auch noch."

„Weißt du, dass er sich viel mehr in dich verguckt hatte? Du ähnelst seiner Frau in jungen Jahren sehr. Sie hatte auch rotes Haar."

„Was? Nein, das wusste ich nicht. Ich habe sie nur einmal kurz gesehen, als ich Berni von zuhause abgeholt habe. Da hat sie mich gleich angegiftet."

„Und die Avancen des Professors?"

„Ich dachte, der will nur nett sein. Auf mehr bin ich gar nicht gekommen. Das hätte ich mir auch gar nicht vorstellen können, igitt."

Bei diesem Gedanken schüttelte sie sich angewidert. Ich musste ihr komplett zustimmen. Dass ihre Schwester sich ihm hingegeben hatte, konnte sie gar nicht nachvollziehen. Es kam immer wieder ein ‚igitt' aus ihrem Mund, gefolgt von einem Schütteln.

Sie wusste auch erst seit dem Telefonat mit ihrer Schwester, dass die die Nacht auf einer Kirchenbank verbracht hatte, nach dem Streit mit Berni. Dass sie sich für das Wohl der Uhus einsetzte, war eine Sache, eine nachvollziehbare Sache, aber ins Uhunest ... dafür einen Streit mit Berni zu entfachen. Letztendlich drehte sie sich wieder im Kreis. Die Wege ihrer Schwester und ihrer selbst waren verflochten und doch so unterschiedlich.

Wir plauderten gerade über Wege, Irrwege und Umwege, als Michael Engels plötzlich neben uns stand.

„Hast du dich verlaufen? Oder konvertierst du jetzt auch?", grüßte Sina ihn schmunzelnd.

„Ich", stotterte er, „ich wollte mich bei dir entschuldigen."

„Warum?", fragte von Güllich sichtlich erstaunt.

„Ich ... ich habe gedacht, dass du ein Verhältnis mit dem Herrn Professor hast."

„So ein Quatsch!", entrüstete sie sich.

„Inzwischen weiß ich es besser. Du ... du warst es nicht. Es ist deine Schwester. Mechthild und ich ... wir waren an dem Abend auch hier und wollten den Professor auf frischer Tat ertappen."

„Du und Mechthild?"

„Du bist echt ein schräger Vogel, Michael Engels. Betüdelst Bernis Mutter und hilfst ihr, ihren Mann zu beschatten."

„Seelsorge, ist doch mein Fach. Sie hat echt Besseres verdient als diesen Egozentriker."

„Da stimme ich dir durchaus zu. Aber du warst mit deinem Bericht noch nicht fertig." Jetzt wollte Sina alles wissen.

„Wir waren zum zweiten Mal gemeinsam dort, gut verdeckt im Schatten des Klosters. Beim ersten Mal bin ich alleine dem Professor gefolgt und habe bei ihm eine rothaarige Frau gesehen. Ich war mir sicher, dass du es warst. Daraufhin haben wir uns einen Schlachtplan überlegt."

„Ihr wolltet mich schlachten?"

„Nur auffliegen lassen. Doch dieses Mal haben wir Berni in die Kirche gehen sehen und kurz darauf Leanette. Beide kamen nicht mehr heraus. Irgendwann sind wir gegangen."

Er griff tröstend ihre Hand: „Es tut mir so leid, ich hätte es auch nicht von Leanette gedacht, dass sie Berni die Stufen hinunterschubst. Aber wer weiß, was vorher im Turm passiert ist ..."

„Du verdächtigst Leanette?" Sina war erstaunt.

„Sie war es nicht", mischte ich mich nun ein, „ich habe eher Sie in Verdacht, dass Sie doch in den Turm sind, sich in der Nische versteckt haben und als Berni hinab kam, das Licht gelöscht und ihn gestoßen haben."

„Ich?", Engels war verwirrt.

„Ja, der Todesengel!", beharrte ich.

„Wie kommen Sie denn zu dem Schluss? War meine Kinderbibelexpertise nicht überzeugend?"

„Ganz ehrlich, nehme ich Ihnen Ihre Heiligkeit nicht ab. Ich glaube, dass Sie in Sina verliebt sind und aus Eifersucht ihren Freund in den Tod gestürzt haben."

„Ja, ich gebe zu, ich finde Sina fesselnd. Aber nicht als Frau, wenngleich sie attraktiv ist. Mich faszinieren ihr Handeln und ihr Tun, ihre Hingabe für alles Lebende, ob Pflanze, Tier oder Mensch. Sie setzt sich für die Schwachen ein, so wie Jesus es uns gelehrt hat. Wussten Sie, dass es hier gleich in der Nähe ein Beginenkloster gab? Da, wo heute die IHK drin ist. Sina wäre eine wunderbare Beginin."

Er holte kurz Luft.

„Und bevor Sie mit ihrem Hirngespinst weiterspinnen. Ich wäre eher an Berni interessiert gewesen. Aber mein Weg ist ein anderer!"

Mit diesem Coming-out hatten wir nicht gerechnet.

„Ich akzeptiere deine Entschuldigung", beendete Sina das Gespräch mit Michael Engels.

Wir warteten ein paar Minuten, bis er auch wirklich weg war, und wechselten die Location. Drüben im Grünen Jäger gab es reichlich Getränke. Während Sina bestellte, googlete ich nach Beginen in Osnabrück. Viel war nicht zu finden, nur ein Vortrag, der in St. Marien gelaufen war.

„Du weißt aber schon, wer die Beginen sind?", fragte Sina.

„Ja, wir sind in Kloster Malgarten schon welchen begegnet. Und auch die Frauen im Kloster Hörstel leben nach dem Prinzip der freien Selbstbestimmung in einem Konvent zusammen. Aber ich wusste nicht, dass es in Osnabrück auch ein Kloster gab."

„Meine Devise. Mehr Rechte für Frauen und damit meine ich nicht braunes Pack."

Ein nettes Wortspiel, dachte ich erschrocken.

„Es gibt alte Karten rund um die Katharinenkirche, darauf ist auch das Beginenkloster verzeichnet."

„Da hast du bestimmt auch schon archäologisiert, oder?"

„Du kennst mich allmählich. Als der Ledenhof neu gestaltet wurde, hab ich mal die ein oder andere Steinprobe entnommen. Aber keine Knochenfunde."

„Glaubst du immer noch, die Überreste deiner Urahnin zu finden?"

„Klar, irgendwann bestimmt. Im Moment bin ich eher an meinem Vater dran. Meine Mutter will partout nicht mit seiner Identität rausrücken. Aber ich habe einen Plan. Sam, der Kommilitone von Berni, ist Mitglied in der Loge zum goldenen Rade. Damit hat er neulich geprotzt."

Sina stockte, sammelte sich und fuhr fort: „Ich habe ihn genau an dem Abend hier getroffen, als ich auf Berni gewartet hatte. Du weißt schon, der Abend als er …"

Tränen bahnten sich ihren Weg die Wange hinab.

„Sorry, aber ich vermisse ihn schon sehr."

„Schlimm, wenn es anders wäre", tröstete ich sie. „Aber du wolltest gerade von deinem Papa-Plan berichten."

„Genau. Ich saß hier mit einem Kräutertee, als Sam von nebenan von einer Sitzung kam. Ich fand es etwas früh, jetzt schon in der Loge. Da wäre doch erstmal die Burschenschaft dran, dachte ich. Sam hatte wohl mein zweifelndes Gesicht wahrgenommen und erklärte, dass sein Vater dort schon seit Jahrtausenden Mitglied sei. Er käme aus einer sehr angesehenen Familie. Ich habe ihn prahlen lassen und wollte ihn überzeugen, dass er mich mal mitnimmt. Bestimmt könnte ich dort einen Mann finden, der viel Ähnlichkeit mit mir hat. Dann stibitze ich sein Trinkglas und mache einen DNA-Abgleich."

„Du bist ja lustig. Meinst du, dass das so leicht ist?"

„Ich weiß. Aber die Idee ist doch ausbaufähig. Ich habe sie an dem Abend aber wieder verworfen, weil mir Samuel immer näher auf die Pelle rückte und ich das sehr unangenehm fand. Ich habe ihm auch gesagt, dass Berni jeden Moment kommt, dass er nur kurz die Uhus füttert. Er hat dann so verschmitzt gelächelt und musste mal aufs Klo."

„Verschmitzt?"

„Überheblich? Ich weiß nicht. Ich habe mich dann jedenfalls mit Pascal unterhalten, der Wirt vom Jäger. Er hat mich nach meinen Ausgrabungen gefragt."

„Ah, wenn man vom Wirt spricht", lachte ich.

„Sekt oder Selters?", fragte Pascal freudig.

Wir schauten uns beide strahlend an: „Sprizz."

Das war Pascal auch recht und er verschwand kurzzeitig, um kurz darauf mit einem Hauch von Karibik in zwei Gläsern wieder neben uns aufzutauchen.

Sina nahm das Fadengespinst gleich auf: „Neulich habe ich doch hier auf Berni gewartet und da kam Sam und hat mich doof angebaggert ..."

„Verzeih Sina", entschuldigte sich der Wirt, „ich habe nur Augen für Getränke und meine Frau" und zwinkerte Sina zu.

„Könnte wichtig sein", mischte ich mich ein, „Sam ist auf die Toilette. Hast du ihn danach noch gesehen?"

„Klar. Der war ... lass mich überlegen ... zehn bis zwanzig Minuten für kleine Tigerlein."

„Hätte er den Jäger auch verlassen können?", hakte ich nach.

„Durchaus. Es gibt zwei Ausgänge. Geraucht wird draußen. Aber ich kann dir nicht sagen, ob er überhaupt raucht. Ich weiß über ihn nur, dass er studiert und mit Papi nebenan logiert."

„Ich habe ihn danach auch wiedergesehen", erinnerte sich Sina, „er war gut drauf, verschwitzt, vielleicht vom ... Frauen anbaggern."

Mein Bauchgefühl begann zu brodeln und sagte mir etwas anderes.

„Hast du auch noch mal mit ihm geredet?", fragte ich.

„Ja, er kam noch mal zu mir an den Tresen, hat aber nur wirres Zeug gefaselt."

Wir stießen an. Mein Kopf war voll Honigbrei, zäh und schleimig. Schließlich holte Sina mich aus meinem Konstrukt, das noch nicht zu Ende gebaut war.

„Hattest Du wirklich den Engels in Verdacht?", fragte sie.

„Irgendwie schon. Bei Frau Theling spielt er den Schutzengel, aber für Berni den Sensenmann."

„Wusstest du, dass im Arabischen der Todesengel Azrael ein wohlwollender Engel ist? Er ist für die Seelen der Verstorbenen verantwortlich und begleitet sie ins Jenseits."

„So wie Hermes?"

Wir mussten lachen.

„Aber mal ehrlich", nahm Sina den Gedanken wieder auf, „Michael ist ein sonderbarer Heiliger. Aber er hätte mir niemals solch eine Nachricht an mein Fahrrad gehängt. Fahr zur Hölle, das ist nicht sein Sprech. Das war viel radikaler."

„Zurückgewiesener?"

„Was meinst du?", fragte sie interessiert.

Pascal hatte uns auch gut im Blick und tauschte die leeren Gläser gegen gefüllte. Er lächelte mir zu, als wolle er sagen, dass mein Kümmern Sina guttat.

In dem Moment öffnete sich die Kneipentür.

„Wenn man an den Teufel denkt", platzte es mir heraus.

XXXVI

Mein Handy klingelte. Johnny.

Sie durfte mir keinen Namen nennen, konnte aber verraten, dass es neue Spuren gab. Canisius von der SpuSi hatte Jasmina noch weitere Fußabdrücke gemailt, die er erst für unwichtig gehalten hatte. Sie hatte ihn aber so lange genervt, bis er alle Schuhabdrücke noch einmal durchgegangen war. Ein Paar konnte er bislang nicht zuordnen, die er in der Nische der Wendeltreppe gesichert hatte. Jasmina hatte sofort einen Verdacht, brauchte aber den Beweis. Auch die Handschriften wurden noch einmal genauer analysiert und es ergab sich ein Möglichkeitsfall. Außerdem hatte Canisius Fusseln eines Sommerpullis auf dem von Theling isoliert, die nicht vom Opfer sondern vermutlich vom Täter stammten. Jasmina war bereits bei dem Verdächtigen zuhause gewesen, aber er war nicht vor Ort. Dort konnte sie allerdings den Fusselpulli sicherstellen.

„Er ist hier", flüsterte ich, „wir sitzen im Grünen Jäger." Johnny hatte mich einfach weggedrückt, kein Tschüss, nix. Für mich hieß das ‚Gefahr in Verzug', also die verdächtige Person im Blick behalten und ihr notfalls folgen. Es sah allerdings nicht so aus, dass sie die Bedrohung spürte. Sie saß gemütlich im Kreise irgendwelcher hübschen Bekanntinnen, gab Floskeln zum Besten und prostete allen mit einem Bierchen zu.

Sina sah mich verstört an.

„Du meinst …?"

„Es ist echt richtig schön, dass wir uns heute getroffen haben", bemühte ich mich um ein zwangloses Gespräch.

Sie hielt meine Hand fest, und ich spürte ihre schwitzige Angst.

Nur ein paar Minuten später betrat Jasmina van Hooge leichten Schrittes die Lokalität, gefolgt von Johnny Kramer. Sie nickte uns zu und ging zum Tisch der vergnüglichen Gesellschaft. Sie drückte eine junge Frau ein bisschen zur Seite und setzte sich direkt neben Samuel Grünberg.

„Du hast gesagt, ich solle mich melden, wenn ich einen Mörder suche", begann sie.

„Ja klar. Habt ihr ihn immer noch nicht?", frotzelte er.

„Doch. Ich nehme dich hiermit fest. Vorgeworfen wird dir der Mord an Berni Theling. Alles, was du jetzt sagst, … du weißt schon, verwende ich gegen dich." Und zu den sprachlosen Spielgenossinnen sagte sie: „Sie entschuldigen uns bitte. Herr Grünberg ist bis auf Weiteres verhindert."

„Das ist ja wohl ein Scherz, Jasmina, und zwar kein witziger", stammelte der junge Mann. „Das machst du doch nur, um dich an mir zu rächen, weil ich dich habe abblitzen lassen."

„Das ist doch wohl eher deine Art", mischte sich nun Sina von Gülich ein, die dazugekommen war.

„So'ne Durchgeknallte wie dich würde ich höchstens mal …"

„Durchknallen", beendete von Gülich den Satz.

„Die Indizien sind eindeutig!", beendete Kramer die Diskussion. „Handschellen gewünscht? Oder freiwilliges Begleiten?"

Im Hinausgehen schimpfte Grünberg noch über das antisemitische Verhalten der Polizei, dass sie ihn doch nur aufgrund seines jüdischen Namens auf dem Kieker hätten, er aber christlich sei. Seine Familie habe bereits im Mittelalter konvertieren müssen. Dann endlich schlug die Tür zu und es herrschte eine bedrückende Stille.

„Der näxte Sprizz geht aufs Haus", entschied der Wirt, „oder braucht ihr etwas Härteres?"

„Einen Engelchenlikör, bitte", orderte Sina.

„Ah, alles klar", wusste Pascal sofort, „weiße Schoki, Amaretto und Sahne."

Kurz darauf stießen wir auf Himmelsreiter und abgeführte Dämonen an.

Kapitel III

I

Den Mädelsabend hatten wir uns verdient. Ich hatte den Kühlschrank extra aufgefüllt, und Joshua konnte mit Hilfe von Krücken in der Küche wirbeln und leckeres Essen zaubern. Wir fläzten im Wohnzimmer auf dem Sofa und Sesseln. Johnny hatte Jasmina mitgebracht, die im Revier ein phänomenales Gespür bewiesen hatte und darüber hinaus Teamgeist, zumindest passte ihr Geist perfekt ins Team.

„Auf Jasmina", hob Johnny ihr Glas, „auf Hartnäckigkeit und überdimensionales Engagement."
Ihr war das ziemlich unangenehm und sie wehrte ab, dass ja alle ihren Teil beigetragen hätten und sie super unterstützt worden war. Mia hielt wenig von dem Geplänkel, sondern war neugierig: „Hat der Grünkohl tatsächlich gestanden?"

„Letztendlich sprachen alle Fakten gegen ihn. Aber du hättest ihn während der Vernehmung mal erleben müssen, aufgeblähter, krankhafter Egozentriker. Hat erst noch Jasmina weiter angebaggert, dass er ja eher auf Brünette stehen würde, aber sie auf ihn durchaus eine gewisse Anziehungskraft ausüben würde", fasste Kramer zusammen, „er hat dann eingeräumt, dass er Sinas Zurückweisung überhaupt nicht nachvollziehen konnte und ihr einen Denkzettel verpassen wollte. Dass Berni so dumm gefallen sei, täte ihm leid, er wollte nur etwas schubsen.

Aber wenn der sich nicht am Seil festhalten konnte, war dann irgendwie sein Fehler. Reue hat er keine gezeigt. Sondern verhaarte vielmehr immer noch im Unverständnis, dass Sina nach ihrem Verlust nicht direkt Trost in seinen Armen gesucht hat. Deshalb auch die Mahnung an ihrem Rad."

„Ich hab' innerlich gekotzt", ergänzte Jasmina. „Und dann wieder diese Story mit seinen jüdischen Urahnen, die unter Karl-Heinz dem Übergroßen zum Christentum konvertieren mussten. Und wir wären doch alle … schlechte Menschen."

Mia blätterte nebenbei durch die ON und unterbrach die Kommissarinnen: „A propos anbaggern. Am kommenden Wochenende ist Männerflohmarkt in Hagen."

Johnny lachte: „Die sind doch alle gebraucht."

„Steht da auch was von Tauschbörse?", hakte ich nach.

„Bist du mit Joshua nicht glücklich?", erkundigte sich Jasmina ernsthaft.

„Doch schon, aber er fragt einfach nicht, ob ich ihn heiraten will", antwortete ich.

„Dann frag du ihn doch!", schlug Johnny vor.

„Zuerst heirate ich. Und ihr werdet meine Brautjungfern oder alten Schachteln", lachte Mia.

„Auf uns Fregatten!"

Jasmina prostete nicht mit, sie las eine Mail auf ihrem Handy.

„Ähm, sorry, Ladies, … aber ich muss mich leider verabschieden … ich habe gerade eine anziehende Einladung zum Essen bekommen."

„Silas, der Baum oder der Erbetene", klärte Johnny uns auf.

Jasmina lief rosa an, winkte und verschwand.

„Dann kann ich mich ja auf den vierten Stuhl setzen", entschied Joshua, der gerade die Teller ins Wohnzimmer brachte. Es duftete so gut aus der Küche, dass wir ihm den Wunsch nicht abschlagen konnten.

„Was wird jetzt eigentlich aus den Uhus?", fragte Joshua während des Essens.

„Die bleiben erst einmal in St. Katharinen", wusste Johnny, „haben jetzt doppelte Kirch-Bürgerschaft und vertreten die Ökumene."

Thanx (Kein Ranking!)

Fynny: du musstest dir meine Ideen immer wieder anhören und mich voranbringen

Caro: du hast sowohl das Theaterstück als auch diesen Roman genaustens unter die Lupe genommen und mich immer wieder aufgebaut

Jule: du hast sehr kritisch und konstruktiv lektoriert, tausend Dank

Nils: ohne deine Idee, ein Theaterstück für euch zu schreiben, würde der Anfang dieses Romans immer noch in einer Datei schlummern. Der Ansporn, diesen Krimi mit einem anderen Täter zu beenden, ist durch „Im Abgang sturzgefährdet" neu geboren

Lisa: du hast mir ein paar Geheimnisse in St. Katharinen gezeigt

Finn: du bist in die Rolle von Berni Theling geschlüpft, so dass wir „authentische" Photos von der Leiche machen konnten. Auf der Bühne spielst du Michael Engels – ich bin total gespannt

And finally: Jens: statt schöner Waldspaziergänge bist du mit mir um die Kirche gezogen und hast Photos gemacht. Ohne dich gäbe es kein cooles Cover. Und ohne dein Design und knowhow gäbe es gar kein Buch!